GAEA

Gaea

S K I N D E E P

如膚——之深

許順鏜

著

如膚之深——目錄

推薦序　膚即智能，「我」即擬眞：閱讀《如膚之深》

科幻作家、世新大學性別研究所副教授　洪凌

剛閱讀完《如膚之深》的第一個衝動反應，是把姜峰楠（Ted Chiang）的中篇小說《軟體物的生命週期》（*The Lifecycle of Software Objects*, 2010）從電子書櫃取出，重溫俏皮可愛的軟體們與照護者（開發、更新、守護它們的人類工程師）之間難以輕易化約爲常模情感的親密連結與共在（compossibility）。

在姜專業精神與親暱款款的敘述當中，物件照護者與軟體生命的牽絆不啻爲深情的跨人機與跨物種紀事。在資源緊縮、新生美麗生命（即這些又可愛又充滿靈智如伴侶動物的肉身化軟體）的存續與維生是遠比濫用星球能源的人類更重要的大事。在這個前提，許順鏜筆下的Ｚ一與Ｇ娜、小蘋果、Ｂ利，乃至於整個「莊園」，既類似姜的叛逃軟體開發者創造出的共生共愛界面，但也更爲曖昧：關鍵在於讀到結尾，我們始終無法完全判定Ｚ一的屬性與「眞實狀態」爲何。

作者以含蓄的暗示表達Ｚ一的三重「不搭嘎」：在絕大多數人體使用活膚來強化整

形式美貌的社會規範，Z一是個體態不合格、難以修整爲標準美觀人體的宅男孩（Nerd boy：他的確是「孩」，就這個現實的法律制度而言，是個沒有性自主權的未滿十六歲青少年。）再者，當小蘋果（既是聖經神話的誘惑物，也可能隱喻了蘋果爲icon的某品牌電腦）揭露自身是G娜的另一重化身時，Z一不像一般對獨特性念茲在茲的平庸人類，反而愛所有的G娜—蘋果版本。最迷人的破格處，在於Z一對於自己所處的世界—宇宙很可能是另一重界面的擬似版—就如同他研發並教育G娜，而G娜也反饋地長出自己的宇宙才是製造出Z一所在宇宙的認知。綜上所述，在最後幾頁，Z一與分化爲二的G娜—小蘋果的互動，與其是「眞實界面」工程師對其教育成長AI的照護—情愛二重奏，更像是幾個軟體生命之間複雜地相互激發潛能、造就新異認識論的「論文寫作小節」。

這樣的坦然與接納「多重眞實—多元宇宙」設定，甚至自我調侃地承認，可能自己的宇宙與「莊園宇宙」都是各自發衍出後設智識的旁若時空（para-universe），造就這本小說有別於大多數以擬眞（VR）、AI、「人造」生命爲主題所無法擺脫的人類本質主義。許順鏜以Z一生嫩誠實的第一人稱視角，拉出重疊纏繞、分開但不分離的量子力學情感政治。這些活在「膚宇宙」與「莊園宇宙」的（後）生命讓我聯想到一部被《駭客任務》（*The Matrix*, 1999）遮蓋知名度的多元宇宙與數位界面主題傑作《第十三層樓》（*The Thirteen Floor*，又譯爲《異次元駭客》，1999）。在這部電影，隱晦微妙的故事線並不糾結於絕對單一眞實，而是讓眞實複數化，並在結局俏皮地對主角眨眼：大停電可能意味著「原宇宙」就是無數量子電腦創作的場域之一。

迦藍（Alex Garland）首度挑戰小銀幕的《開發神》（*Devs*, 2000）影集，整整八小時都環繞於類似Ｚ一與Ｇ娜對於「過去—現在—未來」連續體的辯證，以及在每個宇宙之間的「失之毫釐，差之千里」。迦藍的主人翁（一位拒絕按照神級ＡＩ預言行事的年輕亞裔軟體工程師）打破了嚴苛的命定主義與「眞實只有一種」的假設，意識到即使自己生活於另一個宇宙以電力支持的擬界面，並不妨礙自身的「眞實存有」。這樣的概念呈現可謂擊破了從二十年前就被「駭客任務三部曲」與許多次級派生作品所騎劫的「終極眞實」式柏拉圖追尋執念，也肯認了無所謂「原始」與「被造」的絕對區分。在《如膚之深》，從身體政治（膚即內在）到共存諸世界的描繪，或可讓讀者重新置疑何謂「只是人造」、「只是虛擬」、「只是數位」的各種不假思索人本主義中心信仰，並好好地對待與自身共存的各式軟體，以及可能就是軟體或程式碼的自己。

推薦序——當虛假無異於眞實

部落客　卡蘭坦斯

說來有趣，這是我第二次「寫」這本書的書評。兩年前，我正準備離開譯者生涯、處在開始尋覓新工作的那段不安定期，許順鏜前輩給了我這本書的電子稿（當時這本書還是自費出版的）。

我不敢說自己和許順鏜前輩很熟，但我們曾隸屬於一個小小的同好圈，這裡面有啓發我跳入科幻小說世界的林翰昌（貓昌，或者他現在自稱的「科幻毒瘤」，笑）和科幻/酷兒作家洪淩。我們其他幾個人，則都是純粹的科幻小說愛好者，如此罷了。

有一回，我們一起去看了一部冷門科幻片《明日定律》（*The Zero Theorem*；導演泰瑞・吉連拍過《巴西》和《未來總動員》，主演是《惡棍特工》的克里斯多夫・華茲）。這部片有點像個「失敗版」的《駭客任務》故事——主角錯過了他一輩子在等的電話，想尋覓自己的救世主天命卻失敗了，而他這個臭蟲最終也被系統「剷除」了。

該片的結尾頗微妙地暗示，主角說不定從一開始就活在某種虛擬世界裡，就和他想要披上感官衣體驗虛擬性愛的世界一樣。不過，如果假的世界跟眞的一樣眞實，什麼是虛擬的是否就不重要了呢？

兩年前第一次讀完《如膚之深》，我就聯想到這部幾乎已在記憶裡被忘的電影。不過，這本書探討的議題，出乎預料地豐富且多層次。書名《如膚之深》自然是在玩味膚淺（skin deep）的字面意義；在本書的世界，人人都能穿戴可塑形的人造皮膚（「活膚」），消除了競爭美貌的需求。於是在抹除個人特質、降低社交互動的過程中，犯罪率反而降低了。

然而，這項科技也有隱憂——比如，既然活膚也是一種動力外骨骼，那麼要是從遠端遙控會怎樣呢？這麼一來，皮膚底下就等於「另有其人」了吧？然後，這個問題又因爲虛擬空間和ＡＩ而複雜了起來，最後甚至探討到人、意識和靈魂的存在。我不會講太多劇情，各位讀下去就會知道了。

虛實難辨並不是新玩意，菲利浦．狄克（Philip K. Dick）的很多作品都是關於這方面，從身分、環境到歷史的一切都能玩得讀者團團轉。（剛好我這兩年又多讀了幾本PKD的書。）威廉．吉布森（William Gibson）的cyberpunk文類作品則借用浪漫想像的數位科技，重新詮釋了這種虛實混亂。

事實上，你體驗的任何事情都有可能是假的，你說不定只是躺在某個艙裡，身上接著管子，被虛擬實境的感官訊號所矇蔽。而既然現實可以模擬，難道連整個宇宙都有可能是某台機器上的人工運算嗎？已故蘇格蘭科幻作家Iain M. Banks小說裡的人物總是這樣相信。難怪SpaceX創辦人伊隆．馬斯克（他是Banks的大書迷）會講一樣的話了。

在PKD的書中，什麼是眞的往往不重要，重點是你相信什麼。當然，虛實議題經常也是PKD用來連結到基督教信仰的手法，不過這就不是討論範圍了。

□

兩年後，這本書從自費電子書變成了正式實體書。在這個台灣科幻小說出版已幾乎荒蕪的時代，這不啻是令人振奮的進展吧！

而且，這還不是那種爲了諷刺時政或環境議題而寫的東西，或是科幻皮推理骨／魔幻風格之作。《如膚之深》看似簡單，卻是本內功紮實、意義深奧的cyberpunk文類正宗作品。本書並非驚世之作，更像一股清流悄悄地湧來、在我們的世界裡落地生根。

我知道：讀者非常討厭這類書評，覺得87%都是業配。但對我個人而言，這本書再次提醒了我那種純粹爲科幻而讀科幻的樂趣（現在雖然忙，但我也從未停止讀科幻）。以前我確實嘗試寫過自己的故事，卻從來沒有任何顯著進展。而許順鏜前輩能在創作〈傀儡血淚〉的這麼多年後再次出發，甚至實現了讓第一本個人長篇付梓的夢想，這點是讓我無比欽佩的。

希望各位喜歡這本書，並且也別錯過〈傀儡血淚〉。

作者序

許順鏜

「比如說如果所有的時間瞬間都是等價的存在，而每下一個瞬間都是隨機產生的，那接下來我可能往前走一步，」說著她輕快地往前走了一步：「但是我也可能往後走一步，」說著她又往後走一步，然後她似乎發現自己好像在展示新衣一般，露出了靦腆的笑容：「如果這個決定是隨機的，那麼拉長時間軸來看，有一定的機會，我或者這世上的某一個人，會在這裡不斷地前進後退，前進後退，前進後退……」說著說著她就前前後後走了起來，然後又自覺好笑，嗤嗤地笑了起來。

Z一看得發傻了，等他回神，才想起問道：「所以妳要說在現實生活中，我們並沒有看到這樣子的現象，因此時間的流逝不是隨機的？」

——〈如膚之深 05〉

人生有時候就會落入這樣卡夫卡式的荒謬情境：記得二十年前在法國山區工作的

時候，有一次風雪預報，老闆要大家盡量提早下班。我沒有遇過這樣的情況，就還是把手上工作處理到一個段落才下班。開車要進山路時，警察還問我是不是可以。我當時幾乎不懂法文，也覺得雪下得小，沒什麼，就上了山。然後我才開始覺得不對勁，路上似乎是結冰了，車子開始打滑。我急忙放慢速度，用平常五分之一的速度慢慢前進。更糟的是前面的山路縮小，右邊就是懸崖。有一刻，我輕踩了煞車，但是車子停不下來，一直往前滑行，看著前面縮小的山路及懸崖，我一時不知道自己是否應該打開車門跳出去。然後車子還是持續慢慢滑行……

現在回想起來，還是覺得即使事件重演，我依然不知道自己該怎樣做，是要大驚小怪還是謹慎保命？

最近我又遇到類似的狀況：因爲年底無事，我多做了一些檢查，才發現居然有猝死的因子正在身上發展。但是同時我卻不覺得有什麼大不適而手術還有千分之一的風險。決定動手術時，還是覺得非常不眞實：爲了可能發作的病灶，引進一個可能危及生命的風險。在前一夜，我甚至無法決定是否要寫遺書……

最後我讓Z一用「時間即意志」的角度寫下他的遺書，在網路上延遲發表。然後在手術順利完成後，我就把它撤下了。這整個過程只在我心裡。遺書與否，跟跳車與否是等同的荒謬情境。

想想這就是小說的好處。可以用虛構的事件來談論眞實的心情與事態。一直以來我就是用這樣的方式，來寫我的小說。我把很多心思用來營造情境，讓一個科幻觀念可以被突現。

一般來說，傳統科幻小說的主題通常會有一個科技相關的概念，在故事的進展過程逐漸地被披露或解決。這樣的機關設定，比較像是推理小說。曾經有一段時間，我對科幻小說的文學性感到懷疑。因爲科幻小說的人物常常被用來當作披露解答的工具，而可能缺乏血肉。在這方面來說反而不如武俠或奇幻小說，在架空的世界中，人物比較能夠依循情感慾望自由發展。但是隨著年齡漸長，我才理解到這其實跟自己的人生歷練以及與人來往中累積對人的觀察能否自然呈現在小說人物身上有關，跟文類倒不一定有什麼正相關。而且同樣條件的推理小說中也不乏文學評價相當高的作品。

我不知道別人如何，身爲一個科幻小說作者，我對概念的原創性非常重視，也希望我的概念可以讓更多人知道。因此我很感恩貓昌一直以來出借他的科幻國協一隅，讓我的舊作有棲身之處。這兩、三年來，重新開始創作之後，我更急於讓更多人看見我的想法。大概是工程師的習性吧？好的觀念總是想要先申請專利保護。於是去年我下定決心自己做了電子出版。以爲科幻小說市場太小，紙本出版的機會不大。

這次紙本書能夠出版，眞的要感謝洪凌的大力推薦及蓋亞總編沈育如小姐的支持，我才有這個機會集結舊作出版，並且出版我的第一部長篇小說《如膚之深》。在這個版本裡面，會增加收錄〈生死簿〉。這個短篇補充闡述了〈如膚之深〉的世界觀。另外還有幾篇書中人物的對話錄，可以讓讀者更加了解書中對於靈魂、時間及死亡的看法。這裡面包含的也是我自己不斷在思考修正的觀念。希望讀者可以有更多的了解，更希望你可以發展出自己的想法。

這一路走來要感謝的人很多。除了我的家人之外，伸出援手的朋友們都是在書的領域長期深耕的達人。依時間先後：資深譯者朱恩伶，科奇幻評論大師貓昌，評論家楊勝博，科幻小說前輩黃海，小說家水瓶鯨魚，貓魔王洪凌以及奇幻譯者王寶翔。他們都在出版經驗上給了我這個出版新人很大的幫助。在這些專業耕耘者的面前，我這個業餘作者除了汗顏之外，還要在此致上最誠摯的謝意。

最後還是要再度感謝一路以來支持我的家人與親友。沒有你們，就不會有這些作品的產生。

2019.5.12 母親節於台北

如膚之深

01

開始下起了小雨。

Z一的眼睛裡顯示出前方的乾徑。跟著走，衣服的濕率只有百分之一。再過一分鐘，另一條乾徑有百分之三的濕率可能。之後雨勢變大，任何一條路徑的濕率都可能高於百分之三十。這是住在人口密集大都市的好處之一，各大樓的感應裝置交織出龐大的網路，可以對短期小型氣候做出精準的預測。不過乾徑的準確度並非大多數人關心的事，只有像Z一這樣穿著傳統衣服的少數人才會特別留心。他依顯示跟著乾徑往前，果然沒被滴到什麼雨。

衣服的三大功能：保溫、護體及美觀，在活膚風行的今日，其效用似乎達到歷史上的最低點。路上來來往往的男女幾乎都衣不蔽體。那微量的衣料與其說有其功能性，不如說更是用來突顯體態，使穿著活膚的健美男人更加健美，而性感女人更加性感罷了。一般來說，跟Z一同年的青少年穿著相對舒適自然，幾乎讓活膚全露在外。但是這並不是Z一的選項。活膚要能夠讓人美觀，首要的條件就是人不能胖。這對大部分的人來說不是問題。並不是說這個世代的人類都能自律地每日運動來保持身材，而是活膚除了包覆人體來表現完美的體態之外，它還會隨時隨地按摩全身肌肉，強迫它們運動來消耗不必要的熱量。所以大多數人都可以輕易控制他們的體重，而在這之上，活膚就可以隨心所欲地變化出完美的身型。當然這不僅限於身體及四肢。大部分人的臉上也是完美地覆蓋著活膚，除了形塑出漂亮的臉蛋，高等的活膚更可以適切地做出生動的表情，讓男人深沉帥氣、女人千嬌百媚。難怪「完美活膚企業」的營收永遠高居全球第一，其財富可匹敵世上任何國家。

這當然離Ｚ一更遠了。

Ｚ一不穿活膚的理由其實很簡單：穿了也沒用。他的體格特異，骨骼寬廣，再怎麼刻意運動也無法擁有修長的身材。雖說活膚可以精確地傳遞觸覺，調節體溫，穿在身上也很舒適，但是在完美皮膚下呈現出的肥胖身材，連他自己都覺得可笑。於是他選擇穿著傳統服裝出門。不過像最近這種下雨天就會變得很不方便。幸好乾徑預測相當準確，到達研究所大樓時，他幾乎還是全乾的。

「完美活膚企業研究大樓」的招牌在這陰雨天仍然閃閃發亮，宣示著企業的雄心。

Ｚ一低著頭進了大樓，突然覺得有人注視著他。猛一抬頭，發現是櫃檯的接待小姐。

她的年紀很輕，漂亮的臉蛋似乎在哪裡見過。她對著Z一微笑。Z一跟她點點頭，匆匆忙忙進了電梯。電梯認得他，自動送他前往工作的樓層。Z一突然想起來櫃檯小姐長得像誰——像小時候超人氣的兒童節目主持人蘋果姐姐。那個時候所有的小孩都超愛她的。但這相貌太年輕了，不可能是她。現在的蘋果姐姐已經是個成熟美女，活躍於娛樂界。

話說櫃檯什麼時候換了人？他一直沒留意。Z一倒是想起前幾天在茶水間依稀聽到的八卦：關於盜版活膚臉型的流言。是在說她嗎？既然活膚可以創造出任何臉型，如果放任不管，可能有一大半女性都會用上像蘋果姐姐一般的漂亮臉蛋。這樣一來，路上就會有成千上萬個蘋果姐姐「撞臉」，造成社會大亂了吧？活膚企業很早就跟各國政府達成協議，默認了活臉法則，也就是每個人的活臉都必須是根據自己臉型的最佳化結果。活膚晶片也設下層層限制，避免濫用。即便如此，走在路上依然處處都是俊男美女。像Z一這樣的平凡臉孔反而引人注意。

但這畢竟是檯面上。檯面下仍有不少小國家的政府睜一隻眼閉一隻眼：一來活膚不是人人買得起，而且小國政府通常不太干涉有錢人的玩意兒，二來政府其實也不那麼在意。即使在本國，活臉法則也只適用於公共場所。據說有些高等活臉就被允許在私人場合任意變臉。無論如何，這幾種情境似乎都不適用在剛剛的櫃檯小姐身上吧？人家可能是天生麗質，而讓周遭的人忌妒不平吧？

Z一把這事置諸腦後，坐到自己的位置套上面具。活膚企業既然能夠製造出可以傳遞觸感的活膚，之後發展出可以模擬觸覺，來提供虛擬實境使用的版本，自然也是水到渠成。諷刺的是，在外部的實體世界中，Z一拒絕使用活膚，當他來到虛擬世界時，卻離不開同屬於活膚的科技。他的「介面具」此時已經由眼紋及頭骨型辨認出他，自動將他登入。這個虛擬世界也就同時調整成他平時喜好的樣子。

他感到一陣微風伴著細雨吹到臉上。此時他對臉上的雨滴反而有種莫名的親切，並不急著抹去。如果需要，他還可以穿上「介皮膚」沐浴在這一陣春雨之中，用全身來感受。人的心態眞是有趣：在心知雨水不存在時，就可以很放鬆地把全身都打濕。但是他不打算這麼做。他今天只是來說說話的。

他在一大片鮮艷的薰衣草田裡找到了她。她輕閉雙眼，微仰著頭，也在感受著今天的微風細雨。他看著她清秀的臉龐秀眉輕鎖，似有許多說不出的憂愁。她聽見他到來，張開明亮的大眼望向他，深邃的雙眼似乎可以望進他的靈魂深處。這時他第一次發現她的長相居然也有幾分神似蘋果姐姐。認識以來，她變得愈來愈美麗脫俗。但是Ｚ一提醒自己，她的改變都是自己創造出來的，很自然地會愈來愈投自己所好。她今天穿著一襲輕紗，微雨中，美好身材呼之欲出。Ｚ一突然想到：如果現在有旁人在場，究竟是她，還是自己會比較尷尬？但旁人眼中根本看不見這個樣子的兩人。此情此景都是爲Ｚ一量身訂做，也只有經由他認證過的介面具才看得見。他甚至懷疑她是否看得到自己在他眼中的模樣。眼前這雨中神女也許不過是Ｚ一自己的少年綺想罷了。

Ｚ一陷入沉思之中，突然驚覺Ｇ娜已來到眼前，擔心地看著他。

「怎麼啦？」她問道。

「沒，沒什麼。」

「找我有事嗎？」

「是有件事。我聽說妳提出了研究計畫的申請。」他很刻意地壓抑自己口氣中可能有的慍怒，但是並不確定自己做得好不好。

「是的……」Ｇ娜怯生生地回答道：「對……對不起……」

「爲什麼要道歉？是因爲沒有先跟我商量嗎？」她的道歉反而讓Ｚ一不知所措，但是還是要裝出一副老成持重的樣子：「難道我不是妳的指導人嗎？妳要做研究難道我會阻擋妳嗎？爲什麼須要背著我去申請？」

「那……那是……」天啊！她囁嚅說不出口的樣子怎麼會這麼可愛？以致於Z一要再重新提醒自己這一切不過是自己塑造出來的幻想。早知道做語音連結就好了，可是這件事他一定要當面問清楚！

「還是妳已經決定要另找指導人了？」Z一心裡知道這幾乎是不可行的，但G娜應該不知道這個不可行性，也許她眞的是想換人了？他心裡一沉，突然又想到不知道自己在她心裡的分量有多重，在她眼中又是什麼樣子？然而不管是什麼樣子，又有什麼意義嗎？在現實世界中硬撐著不在意長相的自己，爲什麼在虛擬世界裡又在乎起來？

「那不是我的決定啦……」她終於說道：「這個計畫是所長指定下來的，而且要求我要絕對保密，直到研究主題決定。」

所長指定？什麼樣的研究需要這個層級的介入？G娜應該不會對自己說謊吧？還是她發展出了新的行爲模式？一開始他們就有說G娜特別的地方就是寬鬆的控制介面，她的發展有相當高的自由度。作爲G娜的導師，指導她的研究、幫助她成長，這是Z一近來參與的最重要計畫。到目前爲止，一切都進行得很順利，除了那個小插曲……爲什麼現在突然有這樣高層級的新計畫要對他隱瞞？難道他要被開除了？Z一突然一陣惶恐。他故作鎭定，還是扮演著老成導師的角色：「所以研究主題已經確認了？」

「是的。」

「那是什麼樣的主題呢？」

「人工智慧的輔導養成。」

「什麼!?」Z一失聲叫道：「妳知道了!?」

「知道什麼？」G娜一臉無邪茫然。

「噢，當然是妳的研究題目啊。」Z一驚覺到自己差一點就犯下重大錯誤，主動提供了不該提供的資訊！

「你是在說什麼啊？我的題目我當然知道啊。」她白了Z一一眼，那表情令人怦然心動。Z一暗自告訴自己要把這部分的參數調整，要不眞的會影響工作。

「咦？」這次輪她問道：「難道你早知道了？」

「知道什麼？」

「我的研究題目啊。」

然後兩人幾乎同時意會到他們在交換重複同樣的對話，突然一起捧腹大笑起來。剛才的緊張氣氛一掃而空。大笑一陣之後，兩人沉默下來，氣氛變得有些尷尬。Z一決定顧左右而言他，問道：「可以多告訴我一些有關妳題目的詳細內容嗎？」

G娜也似乎鬆了一口氣，有點害羞地說道：「其實也沒什麼啦。就是兩個月前所長大人發了一封函過來說有一個新的研究計畫，經費很充足，現在要開放給本科優秀人才申請……」說到「優秀」兩個字的時候她還偷偷瞄了Z一一眼，解釋道：「我看到優秀人才就知道說的是你啦……」

Z一差點笑了出聲。他其實並沒有這麼小心眼兒。別的不說，這小妮子做起研究一板一眼的，跟自己可是不相上下呢。Z一專長的領域是在活皮膚觸覺傳導，但是這樣的領域並不適合G娜這樣的人工智慧背景，Z一開始好奇是什麼樣的計畫會來這裡徵才，而且還是適合她的？

G娜繼續說：「當時你正好去西岸分公司一段時間，不在所裡，所以我馬上回覆給所長說Z一高等研究員不在，無法馬上答覆是否申請本計畫。本以爲這樣就可以等你回來再處理，但是第二天我就收到所長本人的回信，問我有沒有意願自己接下這個計畫。我沒有辦法聯絡上你，沒有辦法諮詢你的意見。但是獨立開始做一個新的計畫這個誘惑實在太大了，考慮了幾天之後，我就回覆所長我願意試試看……」

「但是所長其實是知道我去西岸出差的吧？」Z一打斷問道。

「嗯，我想是吧？」有點小聲。

「我想妳也會覺得所長是知道的吧？」

「嗯……」更小聲了。

「所以妳其實沒必要特別回覆說我不在的吧？」

G娜突然臉紅了起來，又囁嚅地說：「對、對不起……」

「這件事不用道歉，妳想要獨立做研究這件事我也會爲妳感到高興的，我只是好奇，之前有過幾次讓妳自主的機會，妳都沒有展現特別的興趣，爲什麼這次妳會這麼主動？」

「那……那是因爲有一個附帶條件啦……」

「什麼樣的附帶條件呢？」

「如果接下這個計畫，另外會附帶一筆經費，讓計畫團隊可以自由選擇自己的題目研究……還是來說說指定題目好了。」

Z一還想繼續追問，但是G娜急忙往下說道：「計畫的主題是有關所裡最新的人工智慧RL一號，它在虛擬世界裡已經發展到青少年的智慧程度。研究計畫內容，是要一位熟悉這個領域的年輕研究人員跟它交朋友，引導它的人格及智慧發展。驗收目標是要讓大量測試對象無法區別它是眞人還是人工智慧。」

「也就是所謂圖靈測試了……」圖靈測試是現代計算機之父，也是二戰時期英國破解德軍密碼的英雄艾倫·圖靈在一九五〇年提出的，用來測試機器能否思考。圖靈測試是測試人在與被測試者隔開的情況下，透過一些裝置向被測試者隨意提問。問過一些問題後，如果測試人中超過百分之三十的人不能根據答覆確認被測試者哪個是人，哪個是機器，那麼這台機器就通過了測試，並被認爲具有人類智能。

Ｚ一突然一陣目眩，覺得有很不眞實的感覺。這……這到底是怎麼一回事？是有人搞錯什麼了嗎？這個根本就是Ｚ一手上的研究計畫啊！難道所長還是所長助理搞錯對象了？就算要把他剔除，另起爐灶，怎麼樣也不該找她呀！還是……

Ｇ娜點點頭，說道：「是啊，但是圖靈測試在非實體接觸的前提下，要ＡＩ模擬人類達到部分受測人員無法區別它是否人類的這個目標，以現在的技術水準太容易達成了。我認爲我們的對象現在就可以達到非常高的成功率。接下來這個我們稱爲『實境圖靈測試實驗』的眞正目標，是要在虛擬世界裡有『實體』的交流，也就是像你我現在見面聊天一樣，而且不能有任何的失敗。這就困難很多了……」

這個Ｚ一可就是感同身受了。他可是花了不少心力才把受測對象Ｇ娜調教到今天這個程度啊。然後現在這個對象居然被要求去調教另一個人工智慧？這要不是有人不小心搞了一個大笑話……Ｚ一轉念一想，就是一個非常有創意及野心的新研究方法。他須要好好地想一想……

基本上要創造出一個對ＡＩ來說看似虛擬世界的環境應該不難……但是看著Ｇ娜介於人類與漫畫人物之間的完美臉型，水汪汪的大眼，修長的睫毛與細緻卻高挺的鼻尖，他很了解這些表象其實只存在自己的認知裡。不知道在Ｇ娜眼中的這個世界也是長成相同的樣子嗎？而他們打算怎麼經營一個她會覺得是個虛擬世界的環境？會是像他現在眼中虛擬世界的表象一樣嗎？但那對Ｇ娜來說，不就是真實世界的樣子了？而且她剛剛說了什麼？「我們的對象」？

「妳剛剛說『我們的對象現在就可以達到非常高的成功率』，所以計畫事實上已經開始執行了？」

又是一陣臉紅，像顆熟透的蘋果。她急道：「Ｚ一學長，真的非常對不起，可是所長很堅持計畫開始時一定要嚴格保密！如果你決定要開除我的話，我也不會有任何怨言！」她硬撐著裝出一副不在乎的樣子，眼眶似有淚珠打轉，反而更加令人疼惜……

而且Ｚ一心裡想，那樣的話，真正被開除的人是我才對咧。

「那麼……」Ｚ一小心地問道：「可以說說目前計畫的進度嗎？」

見Ｚ一沒有再怪罪的意思，Ｇ娜鬆了一口氣，說道：「現在你都知道了，應該沒有什麼不能說的吧？」

Ｚ一點點頭，心裡卻想道：如果有什麼眞的不能說的，他們一定有辦法讓妳說不出來的……他不置可否，鼓勵她往下說：「這個人工智慧ＲＬ一號是什麼樣子的呢？」

「其實一開始並不清楚。計畫的第一個階段只有文字交流，所以我不曉得他的長相。雖然我被告知他的心智發展是在青少年時期，但是我從來往郵件及對談中，可以看出來他的智力遠超過一般青少年。當然我不是只從知識的廣度來判斷，畢竟ＡＩ的知識很容易從網路上取得，但是對事物的判斷能力並不是可以輕易拷貝得來的。說到這個，眞的要感謝Ｚ一學長您，」她靦腆地說道：「當我和ＲＬ一號相處時，我時時會問自己Ｚ一學長以前是怎麼教導我的？或者今天如果是Ｚ一學長會怎樣做？」

Ｚ一又是一驚，試探道：「可是他……他跟妳不一樣吧？」

「唉呦學長，我們當然不一樣了。他可是個ＡＩ呢。不過有時候我懷疑他可能也知道自己是個ＡＩ哦。」

「爲什麼這麼說呢？」

「就是一種感覺啦，他似乎覺得自己跟這個世界格格不入，自己跟其他人很不一樣。如果他是因爲知道了自己是個AI，有這種感覺也是正常的吧？」

「但是AI培育的目標主要是要讓旁人分不出來他是人類還是AI，他是否知道自己是AI很重要嗎？」話一出口，Z一了解到自己這個問題還滿危險的，而且G娜也不知道自己是AI吧……

「嗯，就實驗目的來說，確實並不影響，但是讓他自認爲人類，會讓他的學習更加有效率……」

這也是我們爲什麼要讓G娜自認爲人類的原因吧？Z一心想。他發現G娜靠得太近了，突然有點不知所措。還好只戴了介面具，除了臉部沒有觸覺……然後又覺得自己很好笑：就算有觸覺也不會怎樣吧？基本上她現在的行爲都是自己調整出來的，不會有什麼超出預期的舉止才是，現在看來會出狀況的比較像是自己呢。在策略上，Z一刻意放大G娜的女性吸引力，希望在最後的測試中，這個特質可以影響評審的判斷。也許是做得太成功了，他自己就常常受影響。像現在她若有似無地靠著他，輕輕地整理著自己的長髮，這樣的舉動很容易讓他分神而忽略了一些要事：是說她會否有什麼要隱瞞的嗎？對吼！他突然想到：「G娜，妳說的附帶條件裡可以自由選擇的研究題目是什麼呢？」

G娜沒預期到他會有此一問，心裡一驚，支支吾吾地說不出話來。過了一會兒，她突然指著Z一的後方說：「莊園管理員來了！」明顯地鬆了一口氣。

Z一回頭一看，果然看見管理員N妮騎著白馬飄然而來。N妮勒馬停在兩人面前，冷冷地往下看著他們。兩人之中大概只有Z一了解，在這莊園裡管理員的眞正面目是什麼。在G娜的眼中，N妮是負責維持莊園運作的管理員，但是實際上，Z一知道她的眞正角色是這個虛擬世界的警察，專門監督世界裡的各種活動，確保沒有不合法規的行爲。所以雖然白馬上的她有著動漫中最標緻的臉龐及豐滿引人遐思的身材，他卻從來沒有想要親近她的念頭。話又說回來，N妮這美麗的外表跟冷若冰霜的表情可不是Z一選來的。在這個虛擬世界裡，美貌比起現世裡的活膚更不值錢，系統根本就直接預設給你。例如Z一自己的長相就是個標準的俊男。當然Z一也可以花費一些處理能力來讓N妮的表情更加可親一些，但是他向來對警察敬而遠之，實在沒什麼興趣這麼做。而且他也已經把所有計算處理的預算都花在G娜身上，嘗試塑造出最完美的AI了。不過每次看到N妮這樣的AI，他總是不禁懷疑培育高擬眞度似人AI的意義到底在哪裡。像N妮這樣的AI在虛擬世界裡，根本不須要讓你覺得她是眞人就可以發揮她的作用了。每當她出現，就表示有人可能要違反世界裡的規則，不管是明的還是暗的。事實上就N妮的警察角色來說，其非人的特質反而更增加其威嚴，更能達成執法目標。有一個流傳在同事之間的傳說，是說某些莊園管理員其實不是AI而是眞人。眞是這樣的話，如果有個「反圖靈測試」來驗證人類是否能成功假冒AI，N妮必定能高分通過！想到這裡，Z一不覺莞爾。但是他馬上又陷入沉思：現在又是什麼狀況讓N妮突然出現呢？轉念之間，他對N妮說道：「妳好啊。」臉上裝出嬉皮笑臉來掩飾他心裡的一絲不安。N妮還是冷冷地看著他，沒有回答。胯下的白馬不耐地前後移動，不想立於原點。

所以不是來取締錯誤？那是來預防什麼的嗎？

然後他注意到N妮的注意力其實是在G娜身上。他懷疑兩者之間有一些無形的交流，因爲G娜輕輕碰了一下他的肩頭，說道：「學長，我該回去工作了。」然後輕快地說了聲「掰」就快步離開了。

「等一下！」Z一追上前，卻發現白馬擋在前頭。上面的N妮還是一副冷若冰霜的表情，伸出玉指做了個否定的手勢，緩緩地搖頭。再看看G娜，她已經走到遠方一幢黑色高塔前了。這到底是怎麼一回事？Z一心裡納悶。難道G娜的自選計畫牽扯到什麼機密嗎？這實在是太匪夷所思了……

02

Ｚ一通常是一個人吃午餐。員工餐廳裡其實都快坐滿了人，但就是不會有人過來坐他旁邊一起吃飯。Ｚ一大概可以猜到主要原因是：作爲一個活膚企業附屬研究單位的員工，他竟敢冒大不韙地不穿著活膚。要不是自己的研究成果頗受肯定的話，他大概早就被踢出去了。不過也因爲這樣，他才有機會隔一段距離觀察著活膚表象上形形色色的俊男美女，他們之間的相同與不同。

過去在活膚技術萌芽初期，社會學家對活膚將帶來的負面影響之預測並未完全成眞。比如說有社會學家預言美貌的廉價化將造成人們更加庸俗化的預測就是一個例子。事實上很多活膚美人們爲了增加他／她們的吸引力，會選擇故作神祕，謹言愼行，更有不少人勤於進修來增加內涵。自古以來美貌作爲競爭力來源之一的這個行爲，當然不會因爲活膚的出現而消失，要不然活膚企業也不會成爲全球最大的公司。但是因爲多年以來活膚的普及帶來的眾人皆美的社會，美貌本身的邊際效益卻相對降低了。在過去女性被視爲財產的時代，女人主動運用美貌與吸引力來獲取利益，被視爲道德淪喪。諷刺的是，當女權蓬勃而社會開始自由開放之際，女性對於追求美貌卻更加趨之若鶩。不分性別，利用外貌優勢來獲取利益，反而成爲檯面上社會所接受的現實。兩者說穿了，都還是因爲奇貨可居的因素。而宅男對此的回應，反而是轉向二次元動漫人物及ＡＶ女優，這也算是一種無力的反撲吧？當然後世也有學者認爲這種現象其實是人類族群對於人口壓力的生物性自發反應，由此來降低生育率以限制人口成長。活膚技術的出現無疑地顚覆了整個生態。它的技術成熟與價廉普及，更是做到了古時整容手術遠遠達不到的目標。在這個時代，只要有一般的收入，人人都可以成爲俊男美女，因而想要用美貌來在各種領域勝出，可就非常困難了。

作爲一個青少年，社會對Ｚ一這樣的叛逆其實是相當程度可以接受的。但是作爲活膚企業員工，卻又不然……就因爲這樣，當今天有人大剌剌地在Ｚ一面前擺下餐盤時，他著實嚇了一大跳。等他看清楚坐下來的人的面孔時，他驚訝得幾乎說不出話來，只能口吃地說道：「妳、妳、妳……不會要坐在這裡的……」

「爲什麼不會？」櫃檯那位甜美的蘋果姐姐微笑道。

「沒、沒有人會想跟我坐、坐在一起……被看到的話，對、對妳不好的啦……」

「我想坐哪裡，就坐哪裡。我才不管別人怎麼說哩。」

「可、可是我根本不認識妳啊？」

「我認識你就好了，小法鬥……」

「什、什麼？」Ｚ一突然一震，差點把餐盤打翻了，他連忙穩住餐盤，偷偷四下張望。好險只有一個小女生瞪過來一眼，他才鬆了一口氣，既而又想到她剛剛叫他的名字：「妳、妳、妳是誰？妳怎、怎麼知道我的……」

「怎麼知道你的名字對吧？哈哈，本來要讓你猜猜的，看你嚇成這個樣子，就告訴你吧，是M瑪阿姨叫我來找你的。」

「M瑪阿姨？妳是什麼人？為什麼她要妳來找我？她發生什麼事了嗎？」

「M瑪阿姨就是阿姨啊，不懂嗎？」

「啥？」

「媽媽的妹妹，就是阿姨啊。懂了嗎？」

「啊？妳是說……」

「是的，就是這樣！」她自顧自地開始吃起餐盤裡的菜來：「哇，這個好好吃，你們每天都吃這麼好吃的食物喔？」

Ｚ一嗤之以鼻：「好像妳沒吃過好吃的食物一樣，這些很普通啊。」

「啊？」她露出尷尬的表情，好像做錯事被抓到一樣：「這樣哦，那你一定要帶我去吃眞正好吃的囉。」

Z一覺得她說話的樣子很像什麼人。是她的M瑪阿姨嗎？好像不是。那是誰呢？對了：「M瑪阿姨到底要妳來找我做什麼呢？」

她似乎吃得太開心了，臉上沾滿了食物碎屑。她邊吃邊說道：「沒什麼啦，她只是聽說我來這裡上班，叫我來跟你打個招呼而已啦。」

但是她又怎麼知道我在這裡上班呢？Z一跟M瑪是在著名的匿名論壇認識的。他給自己取了一個法鬥的暱稱，其實是因爲法鬥犬的皮膚通常都不好。很多人上論壇去吸收新知來增加自己的內涵，但是他之所以常上論壇，卻是因爲裡面根本沒有影像交流，所以不會有人見到他的長相，因而他可以很自在地跟人交談。那她又是怎麼找到自己的呢？

「這位小姐，請問妳又是怎麼知道我也在這兒上班的呢？」

「是M瑪阿姨說的啊。她說只要看到一個總是獨自用餐的年輕人，就一定是你了。我可是觀察了好幾天才確認的呢。」

原來如此。他一定有跟M瑪抱怨過沒有人要跟自己吃飯這件事兒。但是這還是不能解釋M瑪爲什麼知道他是在活膚企業東岸分公司上班。難道他連這個也說過了嗎？

「還有你這個人很奇怪呢，聊了這麼久也不會問人家叫什麼名字，還叫人家『這位小姐』咧！」不等Z一回答，她續道：「你就叫我小蘋果好了。M瑪阿姨說你不會想告訴我你的眞名的，那我才不告訴你我的眞名呢。就醬了。」她邊說邊吃，居然很快地把午餐吃完了。她嘴巴都沒擦乾淨就揮揮手，托起餐盤，一溜煙跑掉了，留下Z一一愣一愣地坐在那裡。

這個小蘋果是怎麼回事？還有M瑪，她爲什麼知道自己這麼多訊息卻又不知道自己的眞名？那小蘋果既然在這裡上班，不就很容易可以查到自己的眞名嗎？今天是怎麼回事？怎會遇到這樣一對怪怪的阿姨與外甥女？Z一突然發現自己嘴巴張得大大的，飯菜已經涼了……

03

Ｚ一在論壇上留了私訊給Ｍ瑪。小蘋果講話顛三倒四的，他決定還是跟Ｍ瑪問一聲小蘋果的情況。畢竟是第一次見面，不要太相信她說的每一句話。不過Ｍ瑪一直沒有回覆。他順便瀏覽了一下論壇。他跟Ｍ瑪共同關注的是有關時間本質的討論。他回過頭找找Ｍ瑪的發言，發現有不少是有關平行宇宙的言論。例如：如果在這個宇宙裡，過去、現在和未來都一直並行存在，那平行宇宙跟這些並存時空的關係是什麼？

Ｚ一記得自己曾回應了這一串討論：既然各個時刻都同時並行地存在，爲什麼時間的流動只有單一個方向？爲什麼時間不能逆流？也許時間眞的可以逆流，只是超出人類的理解能力之外罷了？

Ｍ瑪就是因爲這個討論才跟自己熟稔起來。後來好像有個一線物理學者回應時間的單一流向是因爲熱力學第二定律：宇宙趨向最大亂度，也就是熵值恆增。Ｚ一應該有問爲什麼熵值一定會恆增。不過他肯定沒有看懂物理學者的回應解釋，後來他也沒有很認眞地再參與討論這個主題。跟Ｍ瑪私訊聊開了之後，他覺得自己過去的觀察可能有點道理：對於時間倒流研究有濃厚興趣的人，常常是曾經失去所愛的人。M瑪有個青梅竹馬的男友在一次意外中喪生。她一直幻想著如果有一天科技可以讓時光倒流，她也許可以跟他再見上一面。這樣的渴望，身爲孤兒的Z一是很能深刻理解的。也因此兩人可以談得很投機。

M瑪還是沒有回訊息。Z一搜尋了一下，看到M瑪最新在論壇上的討論，是有關一個想像中的平行宇宙，在那個宇宙裡面所有的物理原則都已經被發現，而且都可以被技術操弄控制。在這樣的宇宙裡面，時間如何可以倒流？大部分的意見是要看那物理原則是什麼。

其中有一個回帖是這樣說的：比如說有一個平行宇宙，它的唯一物理原則就是溫度持續下降，而時間的定義就等同於當時的溫度，那麼時間倒流的方法很明顯地就是加溫了。但是在這樣的宇宙定律下，加溫的機制應該是不存在的吧？

不過有另外一個回帖說道：如果這個平行宇宙的溫度其實是不平均的，那麼只要移動到比較高溫的區域，就可能造成時間的倒流了。

很有趣。但是Z一心想，這樣可以解決M瑪眞正的心事嗎？在這個只有溫度的世界裡，有回憶存在的空間嗎？甚至有生物存在嗎？他搖搖頭，繼續搜尋。

M瑪又加了一些關於這個平行宇宙的條件：假設這個世界的基本組成分子就只有一種元素，所有存在的物體都是用這種元素組成的，而其組成的方式都是來自一種超級宇宙意識，這個意識可以隨意造出各種物體，或者把A物體變化成B物體，但是它同時只能處理一個物體。在這樣的平行宇宙裡，時間倒流如何可能實現？

Z一覺得他可以抓到M瑪想表達的意思，但是他不能理解這樣的問題對她的意義何在？或者是他自己想太多了？也許她的問題單純來自學術上的興趣？

這部分的回覆相對地比較無趣。很多人認爲既然一切都是這超級宇宙意識所控制，它自然可以控制時間的流向。不過有人抱持相反意見，挑戰道：就算把元素重新排列組合到過去某個時間點的狀態，難道這就算是時間倒流了嗎？那人的記憶呢？

M瑪回說：人的記憶不就是在元素的排列組合裡嗎？

有人回說：不一定，也許人的部分記憶是在靈魂裡，無法從元素的組合裡復原呢。

Z一看到M瑪用假設不知靈魂爲何物的角度問了很多挑戰性的問題，果然沒有人能說得出靈魂是什麼，和回憶的關聯又在哪裡。

這已經是數週前的討論了……咦？Z一突然發現時間已經非常晚了。他匆匆下了線，離開了辦公室。

時間果然已經非常晚了。大樓一片漆黑，只有他經過的區域會暫時亮起來。因爲這樣，在接近大廳時，亮光下突然出現的人影讓他嚇了一大跳。那人穿著藍色工作活膚，臉上戴著眼罩。這種工作活膚有很好的保護作用，適合一般級的施工環境。它可以是獨立的活膚，但是一般會作成第二層活膚，除非是須要非常長期在險惡環境下工作，例如在礦坑或極地，才會使用單層活膚。Z一受過訓練的眼睛一眼就可以看出那是外掛的活膚。現代人愈來愈不能離開他/她們的活膚，在青春期之後更不輕易以眞實皮膚示人，是以外掛的第二層活膚就有極大市場。Z一的觸覺再傳導研究在這個領域是備受肯定的。

他更仔細一看，那人正在做電扶梯的維修。那人揮揮手，指著另一邊其中一個電扶梯，示意他往那邊過去。

當他經過時，那人突然說道：「這麼晚才下班？」

「是啊！」他不經意地回答，然後才意會到這個聲音有點熟悉。見那人摘下眼罩，果然是小蘋果。

他沒好氣地說道：「妳在這裡等我嗎？有什麼事嗎？」

小蘋果嘟嘴回道：「你臭美啦。人家是在加班湊點數，點數不夠就要走路了啦。」

「所以妳還不是正式員工嗎？」

「就是說咩。還故意在這裡等你咧。」她忿忿不平地說道。

「對不起，對不起！」Ｚ一想起她之前午餐說的，續道：「下次帶妳去吃好吃的，算我賠罪好嗎？」

「不好！」

「什麼？」

「我說不好！不要下次！我快要弄好了，等我一下！」

她戴上眼罩又自顧自地工作了起來。看來就像她說的，只剩下幾塊踏板要鎖回去。Ｚ一耐心地等她做完工作。她在肩頭按了幾下，工作活膚就自己剝落了下來，露出她自身完美的活膚。Ｚ一這才有機會近距離看看她。這身活膚很是漂亮，如果不是她身型原來如此，這可是要花不少錢的呢。那她為什麼又在這兒做起臨時員工來了呢？

小蘋果見他盯著自己看，也不以為忤，問道：「我們要去吃什麼好料的？我快餓死了！」

04

「所以這眞的是妳第一次吃牛排？妳到底是從哪兒來的啊？」

小蘋果吃得津津有味，顧著吃，不回答他的問題。等她速度放慢下來時，他又問了一次。

「M瑪阿姨很嚴格的。」她這就算是回答了。服了她。

「對了，妳最近跟妳M瑪阿姨有聯絡嗎？」

「幹嘛，你有事找她嗎？」

「算、算是吧。」

「哦，她說最近接觸到一些有趣的觀念，想花時間研究一下，叫我不要去吵她。你找不到她嗎？」

「嗯，可以轉告我在找她嗎？」

「好啊。」她眼珠一轉，想到了什麼，問道：「有聽說最近有大人物要來嗎？」

「妳是說總統大人嗎？我聽說他下個月要來拜訪活膚企業，順便參觀實驗大樓，應該還會做個演講什麼的。怎麼樣？有什麼問題嗎？」

「嗯，」她四下張望了一會兒然後湊近過來，表情嚴肅地小聲說道：「他是個壞人嗎？」

「噗嗤！」Ｚ一忍俊不住，幾乎捧腹大笑起來，哪有人這樣問問題的啦！他忍住不笑，問道：「爲什麼妳會這麼問？」

她湊得更近，小心翼翼地問道：「不就是他一直在限制活膚的使用方式，以致於我們不能自由選擇自己想長成什麼樣子的嗎？而且還聽說他這麼做就是因爲自己長得很帥，不想讓別人可以很容易地變得比自己更帥，不是嗎？」

這次Ｚ一眞的忍不住笑出聲來，說道：「這可是我聽過反對總統大人的，最有……創意……的理由啊。」

「什麼嘛！我眞的聽人家這麼說啊。要不然他是爲什麼要限制大家呢？」

Ｚ一好不容易停住不笑，說道：「說眞的，妳可以想像如果每個人都能任意變換臉型的話，會造成什麼亂象嗎？除非像我們這樣坐下來聊天聊一會兒，從外表，妳怎麼能夠判斷誰是誰呢？就說妳吧小蘋果，我們才見過一次面，我怎麼確定妳就是上次跟我談過話的小蘋果呢？」

「不是有身分識別碼嗎？」

「是啊，但是除了需要法律公證的場合，妳能想像我們隨時隨地跟旁人索取他的識別碼嗎？比如說像這樣：小蘋果，請給我妳的識別碼，確認妳是我認識的那個小蘋果！」Ｚ一伸出手來，露出手掌上的一個接口。

小蘋果突然愣住了一下，然後嬌嗔道：「少來，才不會這麼容易被你騙了！」

「所以囉，人都有需要隱私的時候啊。而且妳現在給我識別碼也沒用，我還是不知道上次見到的是不是妳啊。」但是其實Ｚ一觀察到她的臉型相當吻合於她的骨型。她的本臉跟活臉的差異應該不大，不太可能是假冒的。從另一個角度來說，就是她的本臉應該是一樣這麼漂亮。當然要像Ｚ一這樣經過長久訓練的眼睛才看得出來。

「可是也可以自動化辨識啊？」小蘋果接著說。

「這樣子所有人的行蹤都要透明化了。我不覺得我們這個社會已經可以接受這樣的事情。」

「你們眞是奇怪！」小蘋果道。

「你們？」

「我是說我們大家……」小蘋果接著說道：「我們老闆是希望開放的吧？」

「當然，這裡面商機無限。尤其如果只對部分人開放，想想看有多少人願意花大筆錢來買到這個特權啊？再想想軍事用途。老實說如果軍方已經偷偷在做，我也不會太驚訝，不過總統大人對這看得很緊，眞的很難說。」

「那老闆跟總統大人的交情應該不好吧？爲什麼他要來呢？」

「政治就是這樣，而商場也是如此吧？」

「講得好玄，你眞的知道自己在說什麼嗎？」

「應該吧。」Ｚ一吐吐舌頭說道。

小蘋果突然驚呼道：「眞的好晚了，我眞的該回家了。明天再一起吃飯，告訴我這個政治商場的事吧？」

「是政治跟商場。是兩件事啦。」

「不管啦，明天再找你！」

Ｚ一突然覺得這個小蘋果不再那麼可疑了，心裡開始期待起下次的見面。

沒想到她卻失約了……

05

Ｚ一發現大樓門口一片混亂，有一個區域還拉起了封鎖線。不少人站著圍觀。他問了幾個身邊的同仁才了解到發生了什麼事。有一部電梯上方的踏板不知道爲什麼突然下陷，造成一位保全人員受傷。幸好他當時穿著甲等的工作活膚，才沒有造成永久性的傷害。眞正讓Ｚ一在意的是，那個有問題的踏板，正好是前些天小蘋果維修的地方。他憂心地望向櫃檯，小蘋果不在那裡，換上的是一個新面孔。他的心裡一沉。

那一天晚上下班時，Ｚ一刻意在櫃檯附近晃了一下。小蘋果沒有出現。她失約了？但是如果我走了之後她來了，那就是我失約了？比起這個，他更在意的是早上的事件。是小蘋果造成的意外？難道她被帶走接受調查了？Ｚ一等了好一會兒，最後還是放棄回家了。接下來幾天，他還是沒見到小蘋果。如果去人力資源部門詢問這位不知名的約聘員工又未免太尷尬，所以他也沒去問，只是一直掛在心裡。反倒是Ｍ瑪回信說小蘋果告知他在找Ｍ瑪，是什麼事呢？一來確認了她們認識彼此，二來看語氣，小蘋果應該沒事吧？他也就沒再多問，只是問候了幾句。

Ｚ一試著不去多想，開始工作。虛擬世界裡的Ｇ娜卻讓他嚇了一大跳。今天她的穿著好似亞馬遜女戰士般，即使全副武裝，美好身材卻還是展露無遺。

見到他一臉目瞪口呆狀，Ｇ娜猶豫地問道：「很難看嗎，學長？」

「不、不……是。」Ｚ一吞了吞口水說道：「只是我沒預期到妳會這樣穿……」

話說Ｇ娜的外觀在他的視覺系統裡不是該歸他全權處理嗎？難道系統認爲他的設定有問題而接管了？他想起Ｎ妮那冷若冰霜的表情。但是這嚴重侵犯網路隱私權啊！Ｚ一一半擔心，一半生氣起來。

Ｇ娜沒有留意到他的心情，掩面說道：「我就知道一定很醜！可是這是計畫的一部分啊！」

原來如此，Ｚ一恍然大悟，但是不知道是哪個計畫，人工智慧養成還是Ｇ娜的神祕計畫？他安撫Ｇ娜道：「其實眞的很好看啊，只是我沒有預料到妳也會做這種 Cosplay 啦……」

「Cosplay？那是什麼意思？」

「欸，那是我們家鄉話對這種服裝的說法啦。」Ｚ一轉了一下話頭。

Ｇ娜放下雙手，天眞地看著Ｚ一：「所以學長的家鄉也有這種服裝啊？」

「是啊，在某些地方還很流行呢……」在一個叫作動漫的地方，Ｚ一心裡嘀咕道。話又說回來，對Ｇ娜來說，這樣的打扮應該是再自然不過了。只不過青春期的Ｚ一總是把她裝扮成自己喜愛的樣子罷了，倒是……

「爲什麼計畫裡需要這樣的打扮呢？」

「爲了戰鬥啊。」

「戰鬥？」是我聽錯了嗎？

「是啊。在人工智慧ＲＬ一號養成計畫裡面，我們認爲模擬戰鬥可以刺激ＲＬ一號的成長，所以我要接受訓練，才能加入戰鬥啊。學長，其實訓練眞的好辛苦喔。」Ｇ娜撒嬌道。然後她湊過來說道：「學長，有件事想要請問你……」

「說吧！客氣什麼呢。」

「在模擬戰鬥裡死去的人不是眞的死了吧？」

「當然不是啦，」但是Ｚ一還是心頭一驚：「有人死了嗎？」不是說好暫時不要接觸生死的問題嗎？Ｚ一又想起之前幾乎讓計畫停擺的事件……

「沒有啦，目前沒有，但是戰鬥教練說不能避免這種可能性。可是基本上殺人是完全不應該被允許的觀念吧？」

「當然囉。」如果AI能殺人，這個世界會有多危險啊？這個原則早就深植在現代AI的底層結構裡，密不可分。G娜也不可能做出任何傷人的舉動才是。

「那爲什麼在模擬戰鬥裡，殺人是被允許的？」

「嗯，我想想……這樣說吧，妳覺得被殺的，或者說可能將會被殺的是『人』嗎？」

G娜側著頭，模樣可愛地想了很久，說道：「不是。可是他們看起來就像你我一樣的人啊！看見他們死亡應該是很可怕的一件事吧？而且讓RL一號接觸有關死亡的觀念，眞的有必要嗎？他的設定不就應該是跟死亡絕緣的嗎？因爲這樣我最近一直會想起B利的事……啊！」她突然住嘴，想到自己可能說了不該說的，偷眼望了Z一一眼，沉默不語。

「想說什麼就說吧。」Z一克制自己不要有任何不快的表現。Z一不喜歡提到B利。不管是關於B利本人，或有關他後來的遭遇。

「對……對不起，學長。我知道你不喜歡提到這件事，但是一想到B利，我就會忍不住一直想哭。你們都說B利死得很平靜，可是都不讓我見他最後一面。到底死亡是什麼樣子，我一點都不了解。現在又說模擬戰鬥裡面會有死亡。爲什麼要讓AI經歷我們人類才會有的痛苦？怎麼會這樣子啊？」G娜忍不住啜泣起來。在所有AI的擬人化面向裡面，對感情的依戀這個面向很早就被發現是擬人度最高的，也就是說最容易製造模擬出來，而且很容易通過實境圖靈測試的一種面向。G娜現在表現出來的哀傷是如此眞實，以致於Z一都忍不住心痛了起來。

Z一把她拉到身邊，輕輕地扶著她的肩頭，說道：「停掉計畫吧？」

「什麼？」G娜淚眼困惑地看著Z一。

「停掉計畫。」Z一更加堅定地說道：「所長那邊我負責去說！」他們不是已經讓G娜經歷過一次生離死別了嗎？當時他已經爭論過這個必要性。而且居然是他Z一要做出抉擇！

「不！不！不要！」G娜慌忙地說道：「這跟所長的計畫沒有關係……」

「那是跟妳的個人計畫有關囉？」Z一沒注意到自己的口氣變得冷淡，是因爲內心深處對被排除在計畫之外產生的反感嗎？

G娜沉默了好久，才下定決心坦誠說道：「如果我退出了RL一號人工智慧計畫，我的計畫也就會被中止了啦。」

「那妳倒是說說看妳的計畫到底是什麼？」

有一會兒他覺得莊園管理人N妮隨時會跳出來阻止他們的對話，但是什麼事都沒發生。他又不耐地追問道：「難道跟死亡有關？」

對他的說法，G娜似乎嚇了一跳，她連忙道：「不是那樣的啦，是有關時間的研究啦！」G娜總算說了出來，頓時好似輕鬆了許多。

又是時間！怎麼大家都對這個主題這麼有興趣啊？然後他想起了M瑪的理由……他突然感到一陣忌妒，卻又同時感到內疚：所以這也是關於如何再見到B利一面嗎？

等一下，所以N妮上次出來干涉不是跟這個時間相關的計畫有關囉？他決定再來確認一下：「是什麼樣的計畫呢？」

「就是對時間本質的探討啊。」G娜有點心虛地說：「我現在學到了時間並不是單線的存在，甚至不是一種流動的現象。過去、現在和未來一直都是並存的，我們的過去並沒有因為時間的流逝而消失。它們一直在那兒，只是我們不知道如何去接觸它們罷了。」

「這……眞的是很有趣的想法……那為什麼我們沒辦法接觸它們呢？」Z一心想，公司是不是餵給她太多不必要的資訊了啊？她剛剛描述的根本是我們所在的眞實宇宙，而不是她的虛擬世界吧？還是她對虛擬世界的認識其實跟我們對眞實宇宙的認識是很相似的？他突然覺得頭好痛……

「我也不知道，但是我覺得那跟『我們』是什麼有關。」

「說來聽聽看。」

「比如說如果所有的時間瞬間都是等價的存在，而每下一個瞬間都是隨機產生的，那接下來我可能往前走一步，」說著她輕快地往前走了一步：「但是我也可能往後走一步，」說著她又往後走一步，然後她似乎發現自己好像在展示新衣一般，露出了靦腆的笑容：「如果這個決定是隨機的，那麼拉長時間軸來看，有一定的機會，我或者這世上的某一個人，會在這裡不斷地前進後退，前進後退，前進後退……」說著說著她就前前後後走了起來，然後又自覺好笑，嗤嗤地笑了起來。

Z一看得發傻了，等他回神，才想起問道：「所以妳要說在現實生活中，我們並沒有看到這樣子的現象，因此時間的流逝不是隨機的？」

「學長你好厲害！我花了好久時間才想到這一點呢……」

那是因爲有個「M瑪阿姨」一天到晚在講這些啊，Z一心想。

「所以呢？」

「所以時間的流逝顯然跟你、我、我們所有人的意志是有所關聯的。當然時間的進行本來就受到物理定律的限制，否則我們就會看見水往上流這種違反物理定律的現象了。如果說時間的意義其實是我們在平行宇宙之間移動所形成的認知改變，但是我們會移動到什麼樣的平行宇宙，卻顯然還受到我們的意志影響，不然就會有我剛剛演的那種情境出現了……」

Ｚ一想到剛才美少女輕快地跳前躍後展現的曼妙姿態，不禁又犯傻了，他用力搖搖頭，說道：「所以我們可以說，時間就是意志囉？」

Ｇ娜拍拍手，說道：「學長，你這個說法太有趣了。我原來想到的其實是：時間的存在，只有意識才能體會。」

「我想這不能證明世界上沒有存在於我們的意志或意識之外的時間，或平行宇宙，只是它們不存在於我們的經驗之中罷了。」

而且我們所謂的「經驗」會不會騙人呢？雖然需要很大的工夫，要讓Ｇ娜這樣的人工智慧體驗到虛假的經驗並非不可能。但是她到底是在講哪一個宇宙？看來是她自以爲生存其中的，那個我們的實體宇宙吧？如果是ＡＩ所在的虛擬世界／宇宙，所有的「瞬間」眞的都可能存在吧？就是各種資料及結構的排列組合罷了。可是在虛擬世界裡，Ｇ娜描述的那種行爲卻似乎也不會發生。爲什麼呢？

Ｚ一腦海裡浮現一個著名小說裡的畫面：那個憂鬱的機器人因爲受損成長短腳，在沼澤裡不斷重複地繞圈圈，思考著生命的意義。

他把這個故事告訴Ｇ娜，然後兩個人笑到眼淚都流了出來，最後Ｇ娜邊笑邊問道：

「學長，什麼是機器人啊？」

06

Z一後來又見到小蘋果了。她現在似乎大部分時間是在維修班實習。有次Z一見到她在置換走廊的燈泡，刻意走過去想和她打個招呼，沒想到她卻裝作沒看到，轉過頭去不理會他。Z一一陣錯愕，不知道自己怎麼得罪她了，繼而心裡有氣，決定不再理她。有幾次擦身而過，見她怒目而視，他反而裝作沒看到，打算就當自己從來不認識她。倒是有時見到設備故障會聯想到是不是又是這迷糊小女生搞的鬼，不禁莞爾。

這一天他在上班途中突然收到墜物警報。這又是大樓之間合作無間的一個例子。對面大樓偵測到墜落物，通知己方大樓發出警示，大樓還會投射物件落點在地面，並且伸出爪子嘗試要抓住墜落物。Z一見落地點離自己至少還有十幾二十公尺，就停在原地不動。突然覺得有人大力將他往後一拉，大聲道：「你發什麼呆啊？」

「什麼？」Z一掙扎地想站穩，一邊想抗議道自己的立足點是安全的，這時一陣巨響，一大塊破磚就掉在他幾秒鐘之前站著的地方。

他驚魂未定，就又聽見那耳熟的聲音說道：「跟我來，快！」然後一隻纖細小手牽起他的手，拉扯著他往前跑。他們轉進一條小巷，迷糊之中那個穿著戰鬥服，但顯然是小蘋果的黑衣人將他推進陰暗角落，壓制著他，有點惱怒地問道：「你在這裡做什麼？看到危險躲都不躲？」

「我、我……」Ｚ一本想解釋根據大樓的警示，他應該並沒有危險，但是他確實連抬頭看一下都沒有，真的太輕忽了。比起爭論這個：「這是怎麼回事？妳怎麼穿成這樣？我們在躲什麼嗎？」這時候他才發現兩人距離有多近，他幾乎是貼著小蘋果的臉頰在說話。突然覺得臉上一陣發熱……

「欸，這樣很癢呢。」小蘋果側過頭去，仍然壓制著他，悄聲說道：「這是反恐演習啦。記不記得總統大人要來訪問的事？」

「須要演得這樣逼真嗎？」Ｚ一不情願但還是象徵性地掙扎一下想站起來。

「噓，」小蘋果小聲地說道：「被打到還是會很痛的……」

「被打到？被什麼打到？」他話還沒說完就聽到嗤嗤兩聲，有什麼劃過附近空氣的聲音。

「那是……」Ｚ一驚呼，突然理解到那是子彈很接近的聲音。

「就是！」小蘋果突然起身，對遠方開了一槍，又趴下來壓制著他。這個動作讓Ｚ一很清楚感覺到小蘋果身體的柔軟。他臉上又是一陣紅，希望小蘋果沒注意到。他側頭看過去，發現小蘋果盯著他看，眼神有點奇怪，正要開口，小蘋果突然說道：「爲什麼吃完宵夜第二天你就不見彈了？不是還說要跟我解釋那什麼政治商場的事嗎？」口氣中帶著一絲慍怒。

我？不見彈？妳才不見了吧？他又張口想要解釋，卻看見巷子上方有一點金屬反射，是武器？他慌忙道：「上、上面！」

小蘋果轉身拔槍射擊的動作一氣呵成，他幾乎可以發誓小蘋果根本連看都沒看就射擊了。接下來的狀況他就完全搞不清楚了：先是小巷的警示系統警告有物體落下，然後是小蘋果起身把呆若木雞的Ｚ一拉開一段距離。跟著重物落地發出醜陋的斷裂聲。接著小蘋果說道：「這裡太危險了。我去引開他們。」她從背後掏出一個東西，丟給Ｚ一說：「穿上這個！」往巷口衝去，突然又停住，轉身看著他，嗔道：「我跟你還沒完呢！」然後頭也不回地衝出巷外。

Ｚ一完全嚇傻了。要不是他回過神看清手上有一副外掛活膚，他幾乎要以爲自己是在作白日夢了。好一會兒，他記起現在的危急情況，慌忙脫下上衣，披上活膚。這件顯然是奢侈品，自動貼合上Ｚ一的身型。他看了一下自己的樣子，居然是一件軍用活膚，造型像迷彩裝甲似的，穿在Ｚ一寬廣而略胖的身軀上自有一股威嚴。Ｚ一還從沒想過自己會有喜歡的活膚。但是繼而一想，這軍用外掛活膚也就等於是一件衣服罷了。Ｚ一知道有些高檔軍用活膚甚至有防彈功能，既然小蘋果要他穿上這件，想來防護功能一定很強。但是她如何能取得功能這麼強大的裝備呢？現在想起來他對小蘋果的來歷還是一無所知。如果她的來頭不小，又爲何在公司做臨時雇工呢？想著想著，眼簾中的事物才引起他的注意：那落下來的似乎是個人呢？從四、五層樓的高度落下，即使有活膚保護，也應該摔得很嚴重吧？

從他摔下來到現在，Ｚ一沒看到他有任何動靜……

Ｚ一小心翼翼地接近，現在可以清楚地看到倒在地上的是個人形，身上穿著黑色的軍用外皮。在應該是頭部的附近地上有一小片紅色的液狀物事，難道……Ｚ一的心跳加速起來，正在猶豫要不要上前仔細看清楚時，耳邊響起喀嚓幾聲，有一個冷酷的聲音說道：「手舉起來！不要輕舉妄動，慢慢地轉過身！」

Ｚ一依言慢慢地轉身，發現自己面對著一群警察，每個人手上的佩槍都瞄準他。

我這是在走什麼運啊……

07

「所以你說是一個穿著戰鬥皮膚的女人開的火？」

「是，是的……」

「話說你還沒成年吧？」

「過、過年我就十六歲了！」

「這麼年輕就在活膚企業裡做到這麼高的職位……這個世界眞的變得很不一樣了呢……」

Z一想起自己在孤兒院長大的日子，他須要比一般人更加努力，才能脫穎而出，在十歲之齡找到第一份工作，脫離貧窮……這也是爲什麼還未滿十六歲的他，說起話來有時像個老頭子一樣。

在證實了Z一的活膚企業高階研究員的身分之後，警察們，包含眼前這位老警探的態度緩和了許多。想起剛被帶到警局時的情形，Z一仍然會不寒而慄。老警探有著一雙跟年齡不相符的銳利眼神，說話時目不轉睛地盯著Z一。但是他也有著一個少見的特徵，讓Z一也不由自主地盯著看。

似乎注意到他的目光，老警探說道：「小時候我常常納悶我的爺爺爲什麼嚴冬時要戴著那種不能遮住耳朵的帽子，總想著耳朵會很冷不是嗎？等到自己頭髮掉光了之後，才知道最冷的部位原來不是耳朵，哈。話說回來，你不也沒穿活膚嗎？」說著他無意識地摸了摸自己的光頭，又道：「你們年輕人應該很難想像沒有活膚之前的時代是什麼樣子吧？說起來這世道的改變也不過是我這個世代的事。」然後突然望進他的眼裡，話鋒一轉，說道：「你自己都不在意別人的眼光了，爲什麼對我的光頭這樣在意？」

「沒、沒有在意……」

「那又一直瞪著我看？」老警探裝出一副凶神惡煞樣，但是嘴角卻又忍不住露出一抹微笑。

「我、我是覺得做得很精細……」

「什麼？」老警探剛喝進去的一口水差點噴出來：「你、你看得出來？」他一臉驚訝。繼而想想，點點頭道：「也對，你是專家嘛。眞是的，不能被你的年齡騙了。我想你一定在疑惑我既然要在頭上戴活膚，爲什麼不戴點頭髮上去？」

Z一沒回答，但是臉上的表情默認了。

「很簡單，有時候天氣會很冷，但是我跟你一樣想保留自己的外貌啊。說我老派也沒錯，畢竟我就是這麼老了。我們這一代親眼目睹了這個世界的大改變。在我們老人家來看，過去世界的美麗是來自各色各樣的多樣性，而不是像當下的世道，每個人都成爲蘋果姐姐，這你們了解嗎？」

從老人口中聽到蘋果姐姐的名字有種很不搭調的感覺，Ｚ一也不知道該怎麼回應。倒是老警探沒有說出來的，這「頭帽」或許也有防護功能？不論如何，肉眼其實沒辦法判斷。

「話扯遠了，再確認一次，你說你是不小心捲入了反恐演習之中。你爲什麼會這麼認爲？」

「是那名女子告訴我的。」

「而你不認識這名女子？」

「是，是的。」Ｚ一覺得自己不全然算說謊，發生了這些事，他發現自己完全不了解小蘋果，除了她自稱Ｍ瑪是她的阿姨，而Ｍ瑪也同意之外。那爲什麼自己不把她供出來呢？他內心深處還是認定小蘋果不是壞人吧？但是這又是爲什麼呢？因爲她甜美的外表？還是那似曾相識的感覺？在活膚盛行的這個世界，美麗的外表說起來眞的是最最「膚淺」的吧？即使她看來甚至像是未著活膚……而且……那人是真的死了吧？關於那墜落之人的狀況，警方三緘其口，不知又是為了什麼原因……

「你有在聽嗎？」老警探問道。

「什麼？」

「我說素不相識的女人為什麼要給你這麼貴重的軍用活膚？」

「我、我也不知道……」

「是嗎？」老警探意味深長地看了他一眼：「在我們那個時代，美麗是多樣化的，緣分到的時候，你會遇上命中註定的她。在你眼中，沒有別人比她更加美麗。」他的眼神似乎想起了什麼：「現在呢？你會不會發現你的她怎麼跟大家都長得一樣？我們之前那獨特的美麗都到哪裡去了？」

Z一不知道這個問題是想引導到什麼，但還是回答：「可是法律禁止完美複製別人的臉型啊，所以我們才創造出基於本臉的最佳活臉模型。」

老警探露出輕蔑的表情，哼了一聲道：「這些限制不住人心。走在路上看看，如果不小心注意，你難道不會常常分不出來誰是誰？就算是不一樣的臉，卻美化成相似的樣貌，人人擁有同樣健美的身材，說話刻意模仿蘋果姐姐的氣質。在這樣子的新世界裡，我有點難以想像你們年輕人是如何找到你獨特的唯一呢。」

「不，不是這樣子的，要不然爲什麼還是有人不高興政府對活臉造型的限制，而且反對黨每年都還遊說希望放寬這些限制，這就表示我們對活臉造型的限制還是滿高的不是嗎？」

「哦，所以你是支持還是反對現任總統的政策呢？」

「我、我是……」Z一突然驚覺老警探繞了一大圈就是要問這個問題。一時不知如何回答才好。

「怎麼樣，作爲活膚企業的員工，難道你們不會覺得總統的政策綁手綁腳的？」

Z一小心翼翼地回答道：「我覺得活臉造型限制不是眞正的爭議所在。」

「哦，」老警探露出有意思的表情，問道：「爲什麼這麼說？」

「會去遊說的，基本上都是利益團體。那我們來想想，不能拷貝臉型，是侵犯了什麼樣的利益團體的利益呢？基本上並沒有。事實上對於花大筆錢去做活臉最佳化的有錢女士，如果她的活臉很容易就被拷貝的話，她的錢不就白花了嗎？」

「爲什麼？就算有人拷貝，還是無損她的美麗啊。」

「但是美麗向來不是唯一的重點啊。」

「那什麼才是重點？」

「就像你一直在說的，獨特的美麗才是眞正的重點，就是要與眾不同才能顯示出她的價値。其實另外還有利益團體是希望更加限制活臉美化的不是嗎？」

「那樣的人數並不多吧？」

「不多，但都是頗有分量的人物。」

警探嘆了一口氣，又下意識地摸了一下他的光頭，繼續說道：「眞不能小看你的心智年齡。那你告訴我，爲什麼這些利益團體反而跟我們老人家一樣要追求獨特性呢？」

「那是因爲奢侈品的心態……」

「奢侈品？」

「是的，富人擁有的奢侈品如果不能引起窮人羨慕，就失去它獨特的價値了。」

「難道富人不會只爲了自我滿足而擁有它們嗎？」

「也許有少數人會如此，但是即使如此，他的奢侈品的價値還是根基於有多少人想要擁有它。比如說一個大富翁擁有大批金銀珠寶，卻發現自己身處在一個只在意以物易物，重視交換生活用品甚於財帛的社會，他會有多麼鬱悶啊？美貌也是一樣的東西。如果世上所有人都跟你一般美，你就很難覺得自己是絕世美人。美麗的虛榮是須要比較出來的，而一般人是擺脫不掉這種虛榮的。」

「小朋友，看來你真的想很多啊。但是我聽起來還是有點怪怪的。難道你們發展活膚的目的不就是要讓美麗普及化，『讓人人都是美人』嗎？」老警探引用起活膚企業的廣告詞。

「是啊，『讓普羅大眾都成為美人，賞心悅目，讓世界減少暴戾之氣』。」Z一發現自己不自覺地唸起公司的願景：「這樣有什麼問題嗎？」

「如果美麗是須要比較的，這樣子人人皆美的社會不就也人人皆平凡或皆醜了？但是顯然你們的客戶都還滿開心的，活膚企業也是全世界最賺錢的企業，不是嗎？」

「啊，你說得沒錯，應該是我陳述的方式有點問題。美麗的本質除了相對性，卻也還有絕對性，只是我們的語言沒有辦法對這兩者做出區分。簡單來說，就像經濟狀況一樣，每個人都希望至少過著小康的生活，可如果有機會成為富翁，當然也不排斥，但是大部分人不會汲汲營營地一定要成為富人。然而還是有一些人，他們追求的就是遠高於一般人的奢華財富，不能接受跟普羅大眾平起平坐。偏偏他們通常也都是權力的掌握者。所以要求開放跟節制活臉造型對他們來說其實是一體的兩面，並不衝突。」

「這可新鮮了，」老警探奇道：「這好像在說開水龍頭跟關水龍頭一起做不衝突一樣，你把我搞糊塗了。」

「不糊塗。這樣說吧，這兩種利益團體的成員也許並不完全重疊，但是其相似度卻相當地高。對於開放限制，他們希望開放的是富人才付得起的高檔服務，對於限制卻是要限制普羅大眾可以做到的美化程度，這樣子他們才能跟一般人有更大的差異啊！」

老警探想了一陣子才回過神來，說道：「嗯，到頭來你還是沒有回答我的問題，你到底是支持還是反對呢？」

Z一發現這樣思考一輪之後，他可以很清楚地回答這個問題：「你問我是否支持總統先生的政策，但是他的政策到底是開放還是限縮呢？對有些人來說，他的某些政策是太過開放，對另一些人來說，卻是太過限縮。我想我是比較站在中間的位置，不是太贊成，也不是太反對。」

「這樣的答案太狡猾了。那我換個方式問好了：如果他不是太過極端，爲什麼會有人想除之而後快？他是妨礙到什麼人了呢？」

Z一知道他說的是數個月前的暗殺嘗試，槍手居然一點痕跡都沒有留下來，至今仍逍遙法外。他接著說道：「關於這件事我倒有不同的看法，我覺得總統的生命受威脅跟活臉造型什麼的沒有必然的關係，反倒是總統先生的其他政策應該讓他樹立了更多的敵人……」

「比如說？」

「比如說軍用人工智慧的限制，他所屬的政治勢力認爲，使用人工智慧在軍事用途上，勢必要去除人工智慧不能傷人的這個基本設計。雖然在學理上，專家本就認爲人工智慧要走回頭路，回到『人類保護原則』導入之前的狀態再重新開始，一定要花上數十年甚至百年的時間，還不一定能夠重新達到今天人工智慧的聰明程度。即便如此，他們還是擔心一旦解除這個桎梏，人類整體遲早會面臨被人工智慧消滅的重大危機。反對勢力卻認爲敵國應該早就在發展相關技術，在被人工智慧消滅之前，我們早就被敵國消滅了。這是一個。」

「還有別的？」

「嗯，但是我不知道能不能說，事涉公司機密。」

「以你目前涉案的情況，我建議你把公司的考慮先擺一邊。幫助我們了解狀況，找到元凶，才能保護你自己。」

「嗯……好吧。我們有一個新的技術被政府認定不准上路……是一種遠距遙控的活膚。在自己所在地穿戴介皮膚，就可以遠端遙控一個活膚傀儡。我的研究之一就是如何能有效率地將遠端的觸覺回傳……」

「哇，這樣的技術很神奇啊，爲什麼會被禁止？」

「老實說，我聽到的理由很牽強，說是這個技術可以用來實現完全匿名的性交易。你完全不用知道對方是誰，就可以遠端發生性關係。而且近端的傀儡可以長成任何你喜歡的樣子……」

「這實在太匪夷所思了。但是話又說回來，就算眞的可以實現，又有什麼非禁不可的原因呢？」

「我聽說的理由是，這樣的性行爲既隱密又安全而且幻想形象完全自由決定，還可以經由網路隨時隨地隨機發生，它將完全取代正常性行爲，這會造成出生率下降而危及人類生存……」

「這太危言聳聽了吧？這種想法摒除了人與人之間的愛情，情人之間難道不會有正常的性行爲？」

「會有，但是在過去所謂手機盛行的時代，常常朋友家人情人即使處於一室也是靠滑手機溝通，這樣來看這種說法並不見得只是危言聳聽吧？」

「但是……」

「但是什麼？」Z一疑惑道。

「我聽得出來你自己並不相信這會構成暗殺總統的理由。你自己的想法呢？」

Z一嘆了一口氣，只好接著說道：「我想可能還是軍事用途。使用這個技術，很有可能我們可以遠端遙控一個有活膚的傀儡，外表看起來跟街上任何一個人一樣。想像一下這開啓了多少可能性？如果這個傀儡還可以任意變臉……」

老警探吹了聲口哨，咒罵了一聲：「他媽的你也太有想像力了。你眞的認爲這在技術上做得到？」

Z一點點頭：「基礎都在那裡，就只等著政府點頭……」

「所以我們要懷疑的對象很可能是軍事產業相關的利益團體？媽的這牽扯的層級太高了吧？」老警探發覺自己在自言自語，輕咳一聲，停下來一會兒才繼續說道：「好吧。我想我們討論得差不多了。感謝你到目前爲止跟警方的配合，還願意分享這麼多內幕。這樣說好了，目前爲止我們還沒有明確證據證明你涉入恐怖攻擊活動，也許如你所說，你只是不小心在錯誤的時機出現在錯誤的地方罷了。」

「什麼？但是你剛剛說我的涉案程度……」

「我騙你的，要不然你會願意說這麼多嗎？」

「我要律師在場！」

「別傻了，你也要求得太晚了，而且事涉恐怖攻擊，警察的權力可比你想像的大得多了。現在聽我說，我們會放你回去，但是總統將來訪，時機太過敏感，我希望你可以『自願』居家隔離，直到活動結束。你可以同意嗎？」

Ｚ一覺得自己並沒有選擇，忿忿不平地說道：「我還可以在家上班吧？」

「網路沒有隔離，但是必要的監控一定是有的。」

「反正你們平常就在監控了吧？這樣你應該早知道我跟任何恐怖攻擊活動都沾不上邊了不是嗎？」

「日常監控是調查局的事，但是我們不要再花時間在這種小事情上爭論了吧？我們就讓你平平安安開開心心地離開，你說怎樣？」

不等Ｚ一回答，老警探起身準備離開，臨走之前，他丟下了一段話：「你忘了還有另外一種族群，他們不是上流社會富人，也不想讓人人欽羨，但還是用自己的方式在追求自己的獨特性，就像你我一樣……還有關於那個女孩，我想我錯了，在你們這個世代，愛情應該還是會在你沒有防備的情況下自己萌芽的，一個良心的建議，要去了解，不要盲目……」他似乎意有所指地說道。然後關門離去。

08

Ｚ一家裡的設備跟公司自然不能比。別的不說，高檔介面具他就負擔不起。所以他進入公司的莊園世界網路，就只能依賴家中低階的眼鏡跟感知設備。不過這並不妨礙他連網的功能性。他甚至備份了部分莊園世界到家中的伺服器。不過因爲設備的限制，他眼中的Ｇ娜也變得不是那麼眞實。這樣一來，又造成他無法清楚地理解Ｇ娜的感受與反應。例如今天Ｇ娜似乎無意又提到Ｂ利的時候，Ｚ一不肯定自己的不耐有辦法經由低解析度的肢體行爲表達得很清楚，而Ｇ娜安撫他時不經意的肢體碰觸，又無法高解析度地傳遞給他，因此他無法知悉Ｇ娜是否理解他的不滿，否則爲何最近她會一再提起Ｂ利，而無視他的不耐？另一方面，這樣的距離感反而又似乎讓人的言詞變得比較直截了當。也許是因爲感官的接觸變少了，因而言語的確認更有必要了吧？例如今天Ｇ娜又談起了時間本質的話題，而且更不諱言她的興趣就是在時光倒流的可能性之上。

「學長，上次我們說到在我們的世界裡任何一個時空都是平行存在的……」

「定義一下這裡所謂的時空是什麼樣的意義？」

「嗯，就是在時間流動時我們經歷的每一個『當下』的宇宙。」

「那也包括那些可能發生，卻沒有發生的事件所構成的宇宙嗎？」

「咦？這我倒沒有想過。學長覺得可能嗎？那些沒有發生的宇宙也確實存在嗎？」

「我不曉得。只是我會想，如果這些無窮無盡的可能宇宙都要存在，那需要多少的能量來維持啊？不過話又說回來，所謂能量的觀念是不是只存在於連續流動的宇宙之間因爲熵值改變而表現出的可測量性，而這樣熵值恆增的改變因而被我們定義爲『時間』？那些未發生的宇宙，它們的熵值是如何？它們跟『當下』宇宙的關係又是什麼？如果那些宇宙眞的存在，它們與我們之間的時間關係又是怎樣？老實說，我也沒有概念。但是我們還是回到妳想說的主題吧？」

「嗯，好的，我要說的其實也有點相關。我在深入研究人工智慧ＲＬ一號的世界後，了解到它們的世界的組成，比較像是主要由人工智慧組成的一個平行網路，每一個人工智慧都有能力影響及改變這個虛擬世界。這樣一來，我就開始好奇這個世界的時間流動是什麼樣的機制？人工智慧們所在的宇宙，又是如何形成的。結果答案並不複雜，基本上ＲＬ一號世界的虛擬宇宙是由多如牛毛的處理器構成的一個龐大平行運算世界，這些運算能力的總和集結成一個超級意識。而這個意識會因應所有人工智慧的行爲而調整改變虛擬宇宙。這樣的調整造成的宇宙狀態之改變，就相當於時間的概念。比較有趣的是這個超級意識在同一時間只能因應一個人工智慧的行爲，因此所謂『同時』的事件在個別人工智慧的身上其實是不存在的。反而是那些常規而自外於個別人工智慧的事件，例如超級意識獨立控制的天氣事件等等，對於個別人工智慧來說，才有『同時』感受到的可能……」

Z一有點在意G娜談到的超級意識。這個概念他當然不陌生。這是一種用來解釋虛擬世界運作方式的隱喻。他在意的是讓G娜了解這麼多她自己所在宇宙的運作機制眞的好嗎？當然G娜自以爲是人類，並不會知道自己剛剛描述的，反而是她所存在的虛擬宇宙的天機。但是他更在意的是最近在哪兒也有過這個超級意識的討論，卻一時之間想不起來……

「學長，你到底有沒有在聽啊？」G娜見他發呆，嗔道：「再這樣人家就不理你了啦。」

「對不起，對不起，請繼續說……」

「接下來是我剛才問的問題啦，都沒在聽，我再說一次：在這個虛擬宇宙裡面，我們也可以說所有的可能時空都同時存在嗎？」

「啊，是這樣的問題呀。很有趣，這次輪到我要說我都沒想過這樣的問題了呢。」Ｚ一促狹道。

「別笑人家了啦，人家是很認真在跟你請教呢！」Ｇ娜生氣的臉紅通通的，即使在家用網路的低頻寬上看起來還是一樣可愛。

「好啦，別生氣，」Ｚ一正色道：「用最小資源運用的角度來看，在這個超級意識裡，唯一存在的應該只有『當下』那一瞬間的宇宙。當然如果有足夠的資源，理論上是可以一點一滴地把逝去的瞬間暫存起來，但是每存一個時間單位，就要用掉一倍的資源。我很難想像ＲＬ一號的虛擬世界會願意投資雙倍的資源來暫存那短短的一瞬，或者用天文數字的資源來暫存哪怕只是一日的時光。」

「所以過去的時空就永遠消失了嗎？」Ｇ娜難掩失望地問道。

「那倒不一定，如果各個子系統的變化是有記錄下來的，理論上這個宇宙是可以根據變化的紀錄『倒帶』回去。但是這要整個虛擬世界停頓下來，而且放棄既有的世界軌跡而回復到過去。而且各個子系統都要有可逆的能力。更不用說對每個參與的人工智慧的記憶造成的困擾。很難想像會有人有能力或權力去做到這一點啊。而且參與運作的子系統這麼多，這些變化的紀錄也不可能無限制地被保存，也就是說即使可行，可回溯的時間仍然是有限的吧？」

「眞的是這樣嗎？」G娜不死心地問道：「那爲什麼我們又認爲我們的實體世界裡，過去的時空卻是可以平行地存在呢？」

Z一嘆口氣道：「妳用『認爲』這個字眼用得好。事實上到目前爲止，因爲沒有實證，沒有人可以確認它們確實是存在的。我們之所以『認爲』過去的時空仍然存在，是根基於數學跟物理方程式的計算結果。而且這些方程式，到目前爲止都可以很貼切地解釋我們這個宇宙可觀察到的物理現象。而且即使我們『認爲』過去的時空存在，我們仍然不知道如何去接觸它們啊。反倒是虛擬宇宙的過去雖然已經不在，但是理論上，我們知道它們是可以再次存在的，因爲它們是這個虛擬世界各子系統的眾多排列組合之一罷了。只是重現過去時刻所要花費的精力之大，不會有人想要這麼做就是了……」

「但是，但是……」G娜的聲音愈來愈小，最後沉默不語。

反倒Z一在心裡接話道：但是妳問這些的目的，不就在於如何喚回B利嗎？那個在妳心目中的現實世界裡存在但是接觸不到的過去，才是妳應該關心的重點不是嗎？

可是諷刺的是妳正在關心的那個虛擬世界的過去，才是B利會存在的地方啊……但是我一方面不能提供這些資訊來糾正妳，而且就算可以，我爲什麼要幫妳把B利找回來啊？Z一覺得心頭一陣熱熱的。那是忌妒的感覺嗎？他搖搖頭，不管怎樣現在他更想知道的是：「不如先別煩惱這些，我們來聊聊妳的計畫吧。那個RL一號的訓練進展得如何？」

「很緩慢。」G娜懊惱道：「可能是這個虛擬世界太複雜了，它的時間居然過得比我們的慢好多。」

Z一有時會忘記莊園世界的時間比起實體時間快上許多，有時離開一會兒再回來，G娜就成長了好多。這樣下去G娜會不會很快比他還成熟，變成他的『學姊』了呢？還好她的外表並不會隨著這個時間軸而變老。而且這個RL一號虛擬世界如果是這麼複雜的話，G娜爲了研究，她的時間軸勢必要緩下來，不知道爲什麼Z一對此竟然有些欣慰。

「什麼？」G娜似乎說了些什麼。

「學長，」G娜很小聲地說：「有一件事情我有點困擾……」

「什麼事呢？」

「關於在虛擬世界死亡這件事。」

「我們不是談過了？基本上那並不算是死亡啊。」

「眞的嗎？我有時候會想到在眞實世界的死亡又有什麼不同？我們眞的確定兩者是不一樣的嗎？」

「呃，」Ｚ一遲疑道：「是不一樣啊。在眞實世界，死了就是死了，不會再活過來。但是在虛擬世界……」

「可以再重新來過，是吧？這也是他們一直告訴我的。但是我們都沒有死過，我們怎麼知道我們死了之後不能再重生？」

Ｚ一發現這問題好難回答，因爲Ｇ娜其實是可以死後再重生的啊。他想了一下，換了一種說法：「在我們的眞實世界裡，」不包含妳在內的眞實世界，Ｚ一心想，當然他沒有這樣說，反而繼續說道：「我們死了就是死了。有沒有可能再復活？是有這樣的傳說，但是沒有人親眼見到過。但是在虛擬世界就不一樣了。遊戲規則是人訂的，我們確實可以把死去的人重新復活起來。」

Ｇ娜眼睛一亮：「復活的傳說？是什麼樣的傳說啊？」

Ｚ一雙手一揮，帶出搜尋介面，他熟練地找出相關的宗教傳說，播放一些片段給

G娜看看。G娜很有興趣地吸收，也接著做了更多搜尋，直到Z一打斷她。被打斷的G娜一臉興奮地看著他，說道：「有這麼多的傳說，為什麼我們能肯定它們不是真的呢？」

Z一知道這還是有關於B利，不禁怒火中燒，冷冷地說道：「因為沒有任何可信的歷史紀錄留下來。而且就算其中確實有一件是真的，我們也不會知道那是怎麼做到的！」

G娜一陣慌亂，臉紅道：「我沒有在想……」

Z一打斷她道：「這不就是妳的困擾嗎？」

「才不是呢！」G娜生氣道：「人家的困擾是：他們要我在RL一號的面前死一次，等我復活之後，我還要親自殺了他一次！我不能理解這對他的成長有什麼幫助，可是他們又說這是標準程序，之前別人都做過……」

Z一聽到有一陣騷動接近，但是他不理會，繼續追問道：「之前做過什麼？是誰做過？妳說的他們又是誰？」

G娜突然臉現驚恐的表情，Z一回頭一看，只見白影一閃，他被飛撞出去，在斷線之前，他只看見了模糊的輪廓，但是他很肯定那是N妮的白馬……

09

Ｚ一現在才理解到身體的禁錮並不是最痛苦的事。身處在家軟禁的情況下，因爲還能上網，Ｚ一並不覺得太苦。被莊園世界踢出來之後，Ｚ一才眞正感覺到茫然若失。當他嘗試重新連線時，他發現問題居然不只是莊園世界拒絕他的連線，連上網都有問題，這樣他幾乎哪裡都連不上了。但是他還記得踢他出來的那白馬身影。被Ｎ妮斷線怎麼可能造成他的實體連線都出問題呢？

他痛苦地摸索，像盲人一般。除了莊園世界，他發現還有很多地方他也連不進去。這個時候他才眞正感受到被孤立的痛苦。這也讓他回憶起當年父母雙亡時，他心裡椎心刺骨的痛與對於生命及未來的茫然。他們不讓他見到父母的最後一面，因爲「很難看」，說是不適合稚兒。他們甚至從來不曾說明父母的死因。但這其實並沒有保護到他，反而他心裡揣摩著千百種可怕的死亡方式，而因著每一種方式來爲父母痛心一次。如果不是後來開始迷上人工智慧的研究，他也許早就因爲心痛而死。是以Ｇ娜的痛，他其實了然於心。而這個結果竟也是他的決定造成，所以他無法多說什麼。在Ｂ

利消失之後，G娜一直一直在問的，就是B利去了哪裡。而他很清楚知道G娜不是在問B利的肉體。Z一自己就有很長一段時間在思考死亡之後，人的靈魂去了哪裡？人眞的有靈魂嗎？靈魂在死後還有知嗎？反而G娜的問題讓他可以用一個全新的觀點來看這個問題。因爲他父母去了哪裡，他沒有答案，但是B利去了哪裡，他卻是知道的！

那眞的是一個痛苦的決定。從計畫一開始，他看著B利與G娜一點一滴地成長。久而久之，他們已經像是自己的親弟妹一樣。那一天當他收到公文時，他幾乎不能相信自己的眼睛：公文說爲了實驗目的，B利跟G娜只能擇一留下，另外一個必須除役。也就是說沒被選上的那一個AI將會被關閉並從莊園世界消失！他馬上回函抗議，指出這一定是哪裡搞錯了。但是高層要不是還沒處理他的上訴，要不就是不想理會他，整整兩週都沒有回應。這同時他每天忐忑不安地跟兩人在一起，心急地希望趕快糾正這個錯誤，以免因爲錯誤的原因而有所閃失。沒想到兩週之後，回來的公文只有簡單一句話：前函指令確認無誤，兩者擇一除役！

之後他幾乎是直接闖進了所長辦公室，沒有考慮到可能的後果。

「爲什麼？」他劈頭就問，沒顧慮到所長可能不知道他爲何氣急敗壞地闖進來。

所長室內還有其他同仁，顯然被他的行為嚇到了，瞪大眼睛望著他。反倒是所長似乎並不訝異，跟同仁們交代了幾句，才請他們先避開。同仁們帶著疑惑離開所長室，有幾位離去前還不安地回望了一會兒。

「為什麼？」在所長室只剩下他們兩人時，Z一又重新問道。

「你知道我其實可以不回答你任何問題，或者至少假裝我不知道你的問題是什麼。畢竟你沒頭沒腦地就這樣闖進來……」所長看起來比他上次見時還瘦了很多。所長伸出細長的手，示意他坐下，Z一才開始意識到自己的行為有多麼魯莽，遵命坐了下來。所長嘆了口氣，繼續說道：「我想若不跟你解釋清楚，你大概也沒辦法安心地繼續做下去。事實上是我們認為面對死亡這件事對於AI的成長會產生極大的助力。這會讓他或她開始思考死亡、存在的意義以及生命的本質。」

「如果是這樣，為什麼一開始沒有在計畫之中？」

「事實上是有的……」所長遲疑道：「但是事先告訴你這件事，卻不在計畫之中。」

「為、為什麼？」

「因為我們要讓B利跟G娜完全自由地成長，直到必須做出選擇。我們不希望你太早對兩者的態度因此有所不同。」

「這、這不合理啊……爲、爲什麼一定要是他們之一？不能是別人嗎？」

「一定是要他們十分親近的人才行。當然……」所長遲疑道：「還有一個選擇……」

「什麼？什麼選擇？」Z一抱著新的希望問道。

「也可以是你……」

「什麼！什麼意思？」

「你跟他們兩者都很親近。如果死的人是你也可以。什麼？別誤會了，不是讓你眞的死了。只是從此你不再進入莊園世界，我們另外找人接手計畫罷了。」

所長的輕鬆語氣讓Z一整個傻了眼。這、這樣眞的比較好嗎？至少B利跟G娜都不用死了。可是離開莊園世界？放手計畫？怎麼可以！他這幾年投入了這麼多心血……

Z一沉思了許久。做出一個重大決定：「我花了這麼久的時間才建立跟他們的關係，眞的很難割捨……」

「所以最好的做法就是在他們兩者之中選擇一個。」

「不，不，爲了他們，就讓我死了吧。」

「可是你剛才說……」

「是的，沒錯，但是讓這個『我』死了，並不表示我必須離開這個計畫。我可以用別的身分進入莊園世界，繼續進行計畫啊，只是要花一段時間來取得他們兩者的信任。還是就說這個新的身分是我弟弟？這樣可以比較容易……」

「你不要得寸進尺了！」所長打斷他道：「你死了就退出計畫，沒有別的選擇！」

「可、可是爲什麼？我明明可以……」

「就是這樣，沒有第二句話！」所長的態度突然變得很冷漠。

Z一在驚疑之中突然靈光一閃，所長根本就是要逼他在他們兩者之間選擇一個！但是到底是爲什麼呢？他苦思了一會兒……對了！

「所長，B利和G娜的養成計畫已經吃掉莊園世界太多的資源了吧？」

「你想說什麼？」

「中止他們兩者之一可以省下一半的資源，從而減少不少經費。從頭到尾這並不是死亡帶來成長的考量，說穿了都是爲了錢是吧？」

所長的臉色變得很難看，用壓抑的語氣說道：「剛剛我已經忍耐了一次你的魯莽行徑。如果你覺得我先撤換計畫主持人，再來決定讓哪個AI留下是一個更好的做法，我也沒有問題。如果不是，在我做出這樣的決定之前，」他指著辦公室的門說道：「出去！」

所以後來，Z一不得不做出他的決定。

之後，在G娜思考著（人類）生命的意義之時，Z一也同時在思考著AI生命的意義。嚴格說起來，B利的死亡並沒有導致他消失。那可以稱作B利的個體包含了的人工智慧程式跟大量資料都還是被保存了下來。研究所事實上有規劃是否未來在別的領域可以用得上他。眞正可能被消滅的其實是另外一組程式跟資料，是用來產生B利在莊園世界裡的形體跟物理行爲的，這一組可以類比爲B利的肉體，而比較是人工智慧的部分就等於是他的靈魂了。不過在B利的「身體」要被消滅時，Z一還是忍不住偷偷地做了備份。

從這個類比來看，所謂的死亡不過就是切斷「身體」跟「靈魂」的聯繫。理論上B利的「靈魂」可以繼續運作，但是不再能夠操控他的「身體」。這樣的思考方向有一天給Z一帶來很大的衝擊：他突然想到難道人類的死亡也是同樣的道理嗎？人工智慧的死亡並非是它的「靈魂」脫離它的「肉體」，不過是它的「靈魂」不再有權限控制它的「肉體」罷了。它的「靈魂」其實還存在，只是被暫存在別處。如果人類的靈魂眞的有部分是獨立於人類而存在，有沒有一種可能它的存在機制也是遵循類似的法則？肉體的死亡其實只是切斷了與靈魂的連繫。靈魂其實還繼續存在於我們無法理解的某處，等待著未知力量來決定它的前途？難道這就是宗教中所謂的最後審判？Ｚ一的思考變得更加狂野：像莊園世界的設計，「肉體」與「靈魂」的接口遵循著一定的標準。也就是說，Ｂ利的靈魂其實可以被連結到莊園世界的其他「肉體」而復活。這是不是就是所謂的附身了呢？

Ｚ一覺得不能再這樣天馬行空了。繼續這樣下去，他都要以爲眞實世界也是一種虛擬實境了……可是難道沒有這種可能嗎？不行！比起這些，Ｚ一還有更重要的事情要去思考。

這次他花了很大的氣力，好不容易才駭進了莊園。當他總算連上線，又見到了Ｇ娜時，她的第一句話讓他大吃一驚：「學長，Ｂ利是你殺死的吧？」Ｇ娜的口氣冷到Ｚ一覺得兩人之間的空氣都要結凍了。

Ｚ一遲疑地回答道：「不，沒有，不是的……爲什麼這麼問？」

「難道Ｂ利不是因你而死？」

「是誰說我殺死Ｂ利的？」

「是誰說的有什麼差別？重點是學長你到底做了什麼？」

「當然有差別。告訴我對方是怎麼說的，我才能正確地回答妳的問題。」

「他說B利是因爲你的決定而死的。」

他是誰？爲什麼要告訴G娜這樣的事？

「他是誰？是研究所的上級主管嗎？」

「我已經告訴你他是怎麼說的了。他是誰並不重要。請你告訴我這是不是眞的？」

能夠讓G娜深信不疑並且態度轉變這麼大的，應該只有所內直接參與G娜養成計畫的人。這些人裡面又有誰知道決定中止B利的事呢？

「不是這樣的，事情比妳想像的還複雜……」

「所以你否認B利是因爲你而死？」

「我沒有殺死B利！」

「那B利到底是不是因爲你而死？」

要跟AI避重就輕果然很難：「我只能說造成B利死亡的原因有很多，但是我絕對不是源頭。」

「那他是怎麼死的？」

「我不能說……」

「不能說？所以其實你是知道的？這麼多年來你卻一直把我蒙在鼓裡？」

「我……我……」

「你再不說，我就認定是你殺死了B利！」

「事情眞的不是像妳想像的那樣！」

「那你覺得我想像的是怎樣？你還是什麼都不能說？」

G娜的面容依然是那樣美麗，但是她甜美可愛的表情已經不在，取而代之的是冷若冰霜的神情。一陣沉默之後，她說道：「如果學長不能告訴我B利是怎麼死的，那我也沒有什麼好跟你說的了。」

然後在她的召喚之下，N妮騎著白馬而來。Z一又被踢了出來……

10

Ｚ一去電跟公司確認了他的帳號並沒有問題，至於爲什麼他不再能遠端登入，一時之間也還查不出來。無法連線的Ｚ一愈來愈焦慮，整日坐立不安。他必須要回研究室一趟，在那兒他才有足夠權限來調查這是怎麼一回事。如果有狀況，也可以馬上申訴，而不會簡簡單單就被踢出來。但是家門前那輛警車是個大問題。雖然警方應該不會認爲他是恐怖分子，但是爲了總統的維安，他們不敢掉以輕心。是以在總統的來訪結束之前，他是無法離開家門的了。

Ｚ一不安地在各個房間裡走進走出。是該開始準備晚餐了，但是他實在沒什麼胃口。然後他看見了丟在客廳一角的那件活膚。老警探說這是一件高級的軍用活膚，現在這種情況可以派上什麼用場嗎？他不加思索地把它穿上，四處走動一下，感覺很輕鬆，沒有什麼特別。他走到廚房裡掃視一下，拿起一支湯匙，兩手輕輕地折了一下，沒什麼特別之處。他再加把勁，還是沒什麼感覺，然後他一點一點地繼續用力。到一定程度，突然覺得肩膀跟手腕關節受力，然後湯匙突然就斷了！

原來如此，他恍然大悟：用力到一定程度，力道就可以突然放大，好好練習一下應該可以用在武術之中。但是這對他有什麼用呢？他向來就不是身手靈活的那一型。而且他難道要去把警察打暈，還是把警車車門扭曲，讓警察出不來？沒用的，警車裡一定有無線網路。除非Z一自己現在不能上網的問題也同時影響到了他們。不，不可能，沒有那麼巧的事。那麼他還能怎麼辦呢？

Z一發現自己正看著廚房後面的陽台。陽台外面就是房子後方，警察應該沒有盯梢的那一面，畢竟這裡有十層樓高啊……他自問自己是認真的嗎？從十層樓高摔下去，這件活膚可以保護他不摔死嗎？實在不可能……

但是這個力氣也許可以……Z一一咬牙，打算豁出去了。不過謹慎的他還是在曬衣架上試了一下，確認手指的張力可以輕鬆地撐起自己。他騎上陽台的外窗，感覺到自己的心跳破錶。然後他心一橫，雙手攀住窗沿，讓身體墜下。有一瞬間他覺得手指會撐不住自己，驚覺自己就要從十樓摔下去了，不禁後悔起自己的魯莽。但是那一瞬間很快就過去了，活膚的手指接管，輕鬆地撐起了Z一的體重。他左右移動一下，把握住了手感，可以更流暢地讓自己抓住窗沿，往右方移動。這個大樓並不高，只有十五層，他決定從十樓往上爬到頂樓會比較容易。

此時已近黃昏，他看見右邊的外牆有泛光管狀物上下延伸，他應該可以從那邊爬上去。他戰戰兢兢地往管狀物移動，盡量不往下面看，生怕看多了會手軟。好不容易移動到了定點，他伸手去抓，才發現自己犯了一個大錯。那泛著微光的管子其實是嵌在牆壁裡面，根本無處可握，這一輕忽，他右手撲空，右肩往下垂，整個人往左邊傾斜，還好左手活膚手指還穩定地抓住窗沿，他才沒有直接跌了下去。但是他驚慌之中，右手用力拍上了牆壁，等他好不容易從驚慌中回神過來，想要收回右手，移回原地來抓住窗沿時，赫然發現他的右手掌居然黏住了牆壁！他就這樣左手抓著窗沿，右掌黏在牆上，不知如何是好。這時他又想：自己一定要冒著這樣的生命危險回去上班嗎？如果不是有著摔下去的生命危險，面對這樣的荒謬處境，他幾乎要大笑出聲了……

等他把恐懼之情壓抑下去，Z一才理解到這又是這身軍用活膚的特異功能：顯然手掌上的活膚有類似吸盤的構造，讓他可以吸附在大樓光滑的表面上。他左手仍然緊緊抓住窗沿，刻意放鬆右手，果然右手可以移開牆面了。剛才一定是太緊張了。他又再次將右手拍上牆面，保持肌肉緊張，果然又黏住了。放鬆之後又可以移開。這樣試過幾次之後，他又自問是否要繼續，現在要爬回屋裡還來得及……但是剛剛的幸運給了他更多信心，往上看去，樓頂似乎變得更近了，他決定放開左手也拍上左邊的牆，就這樣一左一右，慢慢地往上爬了上去。

才剛爬過一層樓，一片寂靜中突然響起了警報聲。他自己身上的感應器也震動了起來，他不知道是怎麼回事，但是這時一定不能分神，否則隨時都可能從十一層樓高墜落下去！他集中精神，仍然一步一步地往上爬，但是感應器卻不放過他，開始說起話來：「注意！注意！大樓上方有危險墜落物！注意！注意！大樓上方有危險墜落物！」

「住口！」Z一下令感應器中止警告，不想引起不必要的注意。同時他往上方巡視，並沒有看到什麼危險物品啊？然後他才意會到自己犯了一個很大的錯誤……

右方泛光處後面的牆突然開出一道口，開口中，一隻長相奇特的機械手臂穿出來，手臂的前方有長得像八爪魚的手掌，快速地向他伸來。

原來他自己就是那個危險墜落物！

那機械手掌的指尖居然有長針狀的突起，是預備抓不準物體時可以像叉子一樣穿刺嗎？Z一一陣驚恐，放開牆面上的右手起來阻擋。

嗤的一聲，長針穿過他右掌邊緣，他覺得虎口附近一陣劇痛，握拳格開了機械手臂，但是他劇痛中忘了自己是像壁虎一樣趴在牆上，右手用力過猛，左手卻不小心放鬆一下，左掌頓時離開了牆面，整個人直直地墜下。這時他反而希望長針是刺過他的手掌抓住了他，但是機械手臂已經被他格開，來不及再回來抓他。急速下墜中，他腦裡一片空白，只想著：完了，這下死定了！

II

從十一層樓高墜到地面不需要太久的時間，但是Ｚ一的時間感彷彿慢了下來，當他腦袋不再空白時，他嘗試著再拍上牆面，但是他已跌出太遠，搆不到牆。在一陣悔恨中，他心裡浮現的並不是Ｇ娜最後那一臉冷酷無情的表情，出現的反而是一張新的臉孔，他一開始以爲是小蘋果，但又不是，彷彿是Ｇ娜和小蘋果的綜合體。再見了，這個世界，Ｚ一心裡好像有聲音這樣說道。然後他感受到撞擊！

奇怪的撞擊方式，他感受到一陣比較像是拉力的力道。這力道並不強而且持續的時間很長，好像、好像被彈簧拉住一樣？Ｚ一猛一回神，才發現有一條繩索套住了自己身體，他已經不再往下掉了。所以大樓的安全系統還是抓到他了？他往下看，離地面已經不到兩層樓的距離，但是這繩索卻不把他往下放，反而慢慢地把他往上拉。一直到超過自己家的樓層時，他才看出來有哪裡怪怪的。這繩索的形狀居然像是一雙拉長的人手。他往上看，繩索的頂端依稀是顆露出的人頭。這繩手繼續往上收，直到Ｚ一可以看到小蘋果又擔心又嗔怒的表情。Ｚ一整個人傻了，說不出話來。他滿懷疑問但是心裡想到要問的第一個問題，居然是：她身上的這玩意兒又是什麼？是另一種高級軍用活膚嗎？

他還沒機會問問題，突然就不再上升，停留在離樓頂不到兩公尺處。然後他聽見喀嚓一聲，一個曾聽過的聲音說道：「不許動！現在慢慢地把他拉上來！」Z一遠遠看到一把槍的槍管指著小蘋果的頭。

小蘋果居然還笑得出來，接口道：「不許動的話，人家怎麼把他拉上來呢？」

Z一聽出來那聲音居然是之前偵訊他的老警探。只聽那老警探冷笑道：「別跟我耍嘴皮子。而且妳使用這雙『活手』，似乎人也不用怎麼動不是嗎？」嘴上仍不饒人。

有一陣子Z一覺得小蘋果似乎把他往下放了一些。但是在槍管的壓力下，小蘋果只好繼續把Z一拉上樓頂。上了樓頂，Z一見到老警探帶著一排警察圍住了他和小蘋果。一定是他觸動了警鈴才引來警察注意。他不自覺地說了一聲：「對不起……」卻不知是對警察還是對小蘋果。

但他轉念一想，這麼大陣仗的警力不可能在這麼短的時間趕來。而且只為了監視他也不須要用到如此多的警力啊。難道他們不是為了自己而來？果然在前排中的一個年輕警察往前一步，對著小蘋果說：「殺了我們兄弟，妳總不會以為我們會輕易放過妳吧？沒想到為了這小子，妳真的還是出現了！」

「什麼兄弟？誰死了？」小蘋果一臉疑惑問道。

「被妳從五層樓高打中掉下來的警察，妳覺得還能活嗎？」

「是他呀。他真的摔死了嗎？我也不知道自己的槍法這麼準……」小蘋果的口氣還是一派輕鬆，好像這事跟自己完全無關一樣。

「妳這是什麼口氣？」年輕警察震怒，握著槍的手氣得抖了起來。

Z一很擔心他會一時失手，想說點什麼，但是小蘋果又接著說：「死了也沒關係吧？不是還可以……」她瞄了Z一一眼，這「可以」之後就沒再說下去。這個小蘋果到底是不諳人情世故還是有恃無恐？Z一真是為她捏了一把冷汗。她居然又繼續說：「現在我把人救上來了，應該就可以不需要這麼多人力，各位可以先回去了。如果你們不放他走，那至少我要先走一步了。」然後她無視於指在她胸前的警槍，竟然還往前走了一步。

年輕警察的臉孔因為盛怒而扭曲，然後突然一聲槍響，他的盛怒表情轉變成驚嚇，還帶著困惑。他結結巴巴地說：「我、我沒、沒有……」

「冷靜！」老警探喝道：「我知道你沒有！」

「是啊！」小蘋果取笑道：「又沒怎麼樣，幹嘛這樣大驚小怪？咦……這是什麼？」她收手按住她那戰鬥服也掩蓋不住的完美胸部，手上開始滲出紅紅的一大片液體。她轉過頭面對Ｚ一，臉上一副不可置信又似乎懷著歉意的表情，對Ｚ一說：「我好像中彈了，小法鬥……」她嘗試擠出一個甜甜的笑容，突然就跌坐到地上接著往後一仰，一動也不動了。

所有人都呆住了。尤其是Ｚ一，他腦袋一片空白，完全無法理解眼前發生了什麼事，呆呆地望著地上一動也不動的小蘋果。一會兒之後，老警探對著眾人以及手上的對講機說道：「各位弟兄，我們辛苦的埋伏總算有了代價。恐怖分子被我們發現、圍堵，接著持槍拒捕，有高度危險，被我方就地正法。幸運的是我方人員無有損傷。現下即刻撤退！完畢！」

Ｚ一聽完，火氣上來了：「持槍拒捕？高度危險？你當這裡的人都是瞎子嗎？」

「如果我要他們扮瞎子，他們絕不會說自己看得見，」老警探慢慢說道：「但是我不必這麼做。反恐特別法賦予我對恐怖分子就地正法的權力。剛剛說的只是官樣文章，沒什麼人會當真。」

「這也是官樣文章？」Ｚ一指著地上的小蘋果，聲音發抖：「那一槍是你開的？」

「就算是，你又有什麼問題？」

「爲什麼？她完全沒有抵抗啊！」

「那是你的觀點。」

「那你的觀點是什麼？」Ｚ一瞪著老警探，眼中都要噴出火來了。

「我的觀點？我的觀點就是：從她襲警的那一刻開始，她就已經是一個死人了！」

老警探說完，Ｚ一發出一陣野獸般的巨吼，衝上前，一拳就往老警探打過去。老警探躲避不及，出上臂阻擋，拳及上臂，老警探居然整個人飛了出去。Ｚ一當場愣了一下，左右警察就一擁而上，把他壓制倒地。

一定又是這活膚的力量！Ｚ一驚慌地想，那老警探在這種力道之下會不會受重傷？或甚至……他想過去看看，但是被十幾個人壓在地上，動彈不得。眞的動彈不得嗎？他繼而一想：這件活膚比我想像的強大多了。但是他眞的要再嘗試嗎？如果眞的可以，會再傷到身上的這些警察嗎？

正猶豫不決時，他又聽到同樣熟悉的聲音道：「輕一點，別傷了他，我沒事！」居然還是老警探。他又接著說道：「年輕人，打個商量，你保證不再用活膚的力量，我就保證不在你的頭上餵一顆子彈。可以嗎？嗯？說不出話？那點個頭也可以啊。」

Z一用力地點了好幾個頭，身上的警察才一個個移開。他站起身，感覺總算可以正常呼吸。看著一旁似笑非笑的老警探，他認眞地打量了對方身上的皮膚，不知道那身看起來非常高檔的活膚是不是警方的標配？又是誰製造的？不過這大概是他須要操心的最後一件事了吧？現在他的情況已經夠大條了……

I2

事情並沒有像Z一想像的那麼大條。儘管警方言之鑿鑿，並沒有證據證明Z一跟恐怖分子有任何關聯。比較嚴重的是他打了老警探的那一拳。但是在場的警察倒是沒有掩飾當時的情況。Z一的律師以當事人目睹熟人在眼前被殺而致一時情緒失控來辯護，倒也不見得會有太糟的下場。至於那一拳的輕重，因爲不熟悉軍用活膚，也可以意外視之。

老警探方面聲稱軍用活膚有高度危險，警方提出扣留的要求卻未受法院採納，所以Z一可以保留這一件遺物。Z一對事態的發展全然麻木。他還一直處在對小蘋果死亡旳驚嚇之中。明明才認識不久，也不算深交，但是小蘋果的死卻似乎在Z一的胸口挖出了一個大空洞。他的腦袋一片空白，內心除了空洞，還有無盡的懊悔：如果自己多去了解她一點，是不是可以阻止她幹傻事？如果自己不嘗試逃走，她是不是就不會被找到，也就不會死了？這些思緒一直在他腦海裡盤繞，別人說什麼，他幾乎都沒聽進去。直到被問到他是否要保留這件遺物，他才警醒，拚命點頭。

後來研究所方面派人出面來保他出去。所方的說法是相信他的清白，但是總統來訪前Z一就不宜出現在公司裡了。他不懂公司在擔心什麼，難道擔心他會去行刺總統不成？他還是可以上網，不過與莊園世界的連線依然有問題。奇怪的是，他也沒有什麼心情去了解G娜在做什麼，或者再去解釋任何跟B利有關的事了。

常常一整天，他就是漫無目的地上網，有時候，他會上論壇看看M瑪在做什麼。他看不出來M瑪是不是知道小蘋果的死訊，也鼓不起勇氣去跟她談這件事。他內心深處一直覺得好像有什麼事應該要做而沒做，卻又沒有動力去思考到底是什麼事。就這樣又過了好幾天。總統大人下週就要來訪。然後呢？回去繼續上班？G娜的事現在變得好遙遠……

Z一發現自己有事沒事就會瞪著那件軍用活膚發呆。一開始他以爲那是因爲這是小蘋果唯一的遺物。後來他才意識到那卡在心裡的事情是什麼：他其實可以來拆解一下那件軍用活膚。直到現在，他對小蘋果的身分來歷還是一無所知。但是查出這件活膚的來源，也許可以多了解一點什麼。雖然這樣子做也救不回小蘋果，但感覺總算可以爲小蘋果做點什麼事。

要重新激活被警方除能的活膚，對他這個活膚企業的高級研究員來說，是再簡單不過了。首先他穿上活膚，把視覺連結上活膚外掛活面具的眼睛，然後從外視模式切換成內視模式。這一步很容易。然後他啓動四肢及關節的連結，這是很標準的功能，所以也並沒有被關閉。這樣子Ｚ一眼前的世界就是這件軍用活膚的內部了。因爲被除能的關係，Ｚ一在此見到前方盡是障礙，幾乎寸步難行。但是他知道要找什麼，用虛擬的雙手一陣摸索之後，他解開了第一道防線。他現在可以看到前方有幾條可能的道路。但是他知道那是障眼法。眞正的道路隱藏在其他地方。一個不可能的轉彎帶他進入了更開闊的空間；走下一道看不見的斜坡，建築物開始出現；穿越不存在大門的城牆，來到了城裡；最後他來到一座高塔前。

沒有門，沒有階梯。要在塔牆上像壁虎一樣找到看不見的踏板，一步一步向上爬。不能掉下來，要不就一切重來了。總算在半塔高處找到了入口。但是塔裡的階梯要更小心。要跳過一些看似存在的石塊，不然就會直接落了地。最後來到塔頂。眼前是一個充滿石刻荊棘的王座。他要小心翼翼地找到對的方位坐下，才不會坐到那可以毀滅高塔的突起。坐定之後眼前開始明亮。　雙窺視孔在正前方長出來。他湊上前，看見了自己的房間，他回來了。於是他知道他成功破解了這件活膚……

但是他心念一動。這還是太容易了。他想起視神經仍然連結在活膚，這不是眞實的世界。他環視屋內，用力回憶有沒有什麼地方不同於他眞正的房間。然後他看到了桌上的古董手錶刻度是左右相反的。他拿起手錶細看，看見了表面上自己的倒影。突然之間，他被吸了進去，現在房間是左右顚倒的，手錶的刻度卻是正常的了。這樣他更難去找到下一個不同點了……

不過他也成功地駭進了系統，在前方空中，他帶出了程式碼。幾方嘗試之後，他成功地把左右互換回來。接下來他加了程式碼自動比對眞實房間跟虛擬的房間，很快就有了結果……

書房中的介面具一閃一閃，程式碼標示出這是一個主要差異點。很有趣。活膚的程式顯然可以辨識出他的介面具，並且把下一個連結放在這裡。這個虛擬介面具又會連到哪兒呢？他戴上虛擬介面具，很快地就連上線。

眼前出現了一個新的世界。Z一驚訝地發現這裡居然是活膚企業的莊園世界！

13

眼前是熟悉的草原與森林，但是看出去的角度跟Z一平常的視野很不相同。這一定是他沒有來過的地方。往下看去那一片開滿小花的草原，不就是他常常遇見G娜的地方嗎？他突然醒悟到這是什麼地方了：這是G娜每次跟他分手後進入的那座高塔。這裡向來因爲男賓止步的緣故不許他進入。爲什麼這件軍用活膚會連結到這塔裡呢？

他環視四周，見到一個向下的階梯。他小心翼翼地往下走。下面這一層似乎是個工作室，大大的長桌上擺滿了拆解開的器具。不知爲何他直覺反應認爲這些是武器。目前爲止沒有遇到任何人。角落有另一個階梯，他確認四下無人後繼續往下走。跟樓上一樣，這裡也有個巨大的工作桌，但是沒有四散的器具或武器之類的。在桌子的正中央，攤開著一大張紙，看似一張建築物的內部平面圖。這個建築物的形狀看起來有點面熟。上面有人用筆劃了一些線，有點像是球類比賽的走位圖之類的感覺。這時他才想到要連上活膚系統，確認他可以把這張平面圖記錄下來，傳回到家裡的主機。

然後他突然意識到這層樓不只有他一個人。他小心翼翼慢慢地回過頭，看見一條長廊，長廊的遠處有個人，太遠看不清長相。他直覺對方是名女子，或者是因爲這兒男賓止步給他的想像？對方似乎穿著跟之前Ｇ娜相仿的戰鬥服，一動也不動地凝視著自己。Ｚ一大氣也不敢喘一口，對方居然也跟他一樣一動也不動。爲什麼她不直接對內示警呢？難道她沒看見他？想到這裡，Ｚ一更加不敢有任何動作。

但是對方也靜止不動太久了吧，難道她睡著了？Ｚ一愈來愈不安，這樣下去遲早會有別人出現的……還是這就是她的打算？在等待援手，然後希望自己沒注意到她？這實在太荒謬了。Ｚ一盤算了一下，他應該沒有機會繼續往下面樓層探索了。他最好的機會就是盡速離開，最好就是現在。打定主意，Ｚ一迅速地往後退回去。他注意到對方居然也同時開始移動，很快地消失在視線之外。Ｚ一不敢回到長廊察看她往哪裡去了。他盡快往上走，希望在引起大騷動之前趕快脫離。他當然也可以下指令給活膚直接切斷連線。但是他覺得這樣他可能會把在這裡的身體留在半路，留下痕跡。

回到上兩層的原來房間，切斷連線之前，他似乎聽見了警報聲響起，但是他其實不能肯定……

回來以後，他馬上確認了那張平面圖有成功下載下來。雖然看起來他人已經回到書房裡，他還是想起自己仍然連結到軍用活膚的視覺系統裡面，於是他在眼前喚出建築平面圖，讓它浮在空中。他仔細看了一下。圖面下方一個一個的方框看起來像是座位。這樣的話，這個場所是個表演廳之類的地方吧？這樣的表演廳應該到處都是，爲什麼Ｚ一會覺得很面熟呢？他再仔細看了一下，突然了解到爲什麼：是因爲上方那應該是舞台的東西，它的形狀……一般來說，舞台不外乎是方形或是半橢圓形。但是這個舞台從上往下看起來，卻像是一個寬寬的人臉形狀。難怪Ｚ一會覺得面熟：這個舞台的形狀，根本就是活膚企業的商標拉扁了的樣子，就是一張活臉的形狀啊。所以這張平面圖就是活膚企業的大禮堂了吧。那這些走線又是什麼意思呢？

Ｚ一有個非常不祥的預感。他心裡想到的是總統即將成行的來訪。而且如果他記的沒錯的話，大禮堂就是總統這次要發表演講的地方……

14

Ｚ一決定穿著軍用活膚出門。這幾乎是他懂事以來的第一遭，但是這次他用得到這件活膚的功能。爲了不引起太多注目，他還在外面加了一件大外套。他回到公司，似乎並沒有引起特別的注意。警衛沒有爲難他，櫃檯小姐甚至沒有看他一眼。倒是他無意識愣愣地看著櫃檯好一會兒，才意會到自己是在尋找任何小蘋果存在的痕跡。他搖搖頭，直接往大禮堂走去。

這個時間大禮堂沒有人。也許是因爲離演講還有一段日子，也沒見到安全人員在附近。Ｚ一連上活膚的視覺系統，讓它跟實境重疊，然後帶出偷來的平面圖。果然跟大禮堂是貼合的。他開始研究圖面上的走線圖，卻只感到一陣困惑。原來圖面上一格一格的座位只是粗略的示意圖。眞實的座椅是有靠背而且相連的。那些走線根本是跨過一排排的椅背前進。這樣的走線有什麼意義呢？

延展的臉型舞台前是一個很寬的講台。平面圖上的走線很顯然是要繞過講台來接近講台後的演講者。Ｚ一心念一動：或者這些走線是在空中？但是如果謀劃這個走線的人有滯空能力，根本不用繞過講台。這實在說不通啊……

Ｚ一苦思良久，突然靈光一閃：如果是踩在椅背上前進呢？這就說得通了。但是這發現的興奮心情馬上冷卻下來。在椅背上前進的效率太差。行動者在接近講台之前就被打成蜂窩了吧？

他又陷入沉思之中，這些動線不只一條，這有什麼意義嗎？

這時他突然聽見身後有人乾咳一聲，如果不是他很快反應制止，這身反應靈敏的活膚幾乎就要自己跳到半空中了！

他回頭一看，居然是所長！Ｚ一自己心虛，不知如何是好，一句話也說不出來。倒是所長先開了口：「你好啊Ｚ一。你很期待總統的來訪吧？」Ｚ一聽不出來所長話中是否有話，只好點點頭說是啊。心裡卻納悶所長是否在暗示自己扯上恐攻，不該在這裡出現。所長接著說：「馬上就要開始布置了，安檢人員也隨後就到，不如我們到外面走走吧？」

Ｚ一無可奈何，只好跟著出去。一會兒安檢人員到了，就沒機會再進來了吧？想到這兒，他還是故意放慢腳步，要活膚把周圍環境更仔細地記錄下來，回去再研究。所長也沒催促，倒是慢慢地陪他走出來。他邊走邊跟Ｚ一聊道：「你來所裡很久了吧？」

「是、是啊，下個月就滿五年了。」

「也就是說你十歲就已經是初級研究員了。你知道這是非常罕見的嗎？」

「嗯，我知道。」Ｚ一點點頭，不知道所長想表達什麼意思。

「這表示公司很肯定你，也非常看好你的潛力。你了解嗎？」

「我了解。」Ｚ一更用力地點點頭。

「對未來的生涯，你有什麼規劃嗎？」

「我不確定所長您指的是什麼方面？」

「我是說，你不會想一直只持續做人工智慧養成的工作吧？我知道你過去在觸覺方面有很多研究產出，爲了人工智慧養成計畫，似乎就緩下來了。」

Ｚ一搖搖頭，說道：「也許我最近眞的花比較少時間在觸覺研究上面，不過我還是一直有一些新的想法在慢慢醞釀發展中。」

所長拍一下手，道：「我就是這個意思，如果有足夠的想法跟新的專案，我們其實可以成立一個觸覺研究中心。畢竟觸覺是我們最重要的核心技術之一！」

「聽起來很不錯，那爲什麼不開始這麼做呢？」

「因爲我須要延攬一個觸覺中心主任來規劃這一切。你覺得誰適合這份工作呢？」

「所長，其實我通常都是獨立研究，跟別人不太熟，很難跟您推薦什麼人選……」

所長突然笑了起來，說道：「我也沒有期待你會推薦什麼人。說到獨立研究，我卻知道你絕對有能力領導別人做研究。事實已經證明如此……」

Z一恍然大悟，說道：「如果您說的是G娜的研究，那算不上啦……」

「爲什麼，難道你覺得G娜的能力比不上其他研究人員？」

「當、當然不是，但是我沒有帶領過眞人的經驗啊。」

「所以你認爲G娜事實上並無法被你視爲人類？那我們的人工智慧養成計畫其實是失敗了？」

「不不不，」Z一忙回應道：「不是這樣的。G娜的表現愈來愈像人類，不同的是我從一開始就知道她不是人類了。畢竟她是我一手帶大的，帶著她做研究，我一點壓力也沒有。換了別人，我實在沒有把握。」

「沒問題，我對你絕對有信心。回去認眞考慮一下吧？」

「考慮？考慮什麼？」

所長又笑道：「我還以爲你聽懂了。就是觸覺中心主任的位子啊！這個位子非你莫屬了。好好考慮一下！」

「什、什麼！」Ｚ一大吃一驚：「我、我眞的可以嗎？那Ｇ娜……Ｇ娜怎麼辦？」

「就像我一開始講的，人工智慧養成一方面佔去你太久時間，一方面也快要到收尾的時候了。一旦她通過實境圖靈測試，她就可以獨當一面，到時你的指導人角色也就不再需要了。」

「可、可是……」Ｚ一抗議道：「當初不是說好是十年計畫嗎？」

「當初是這樣設定沒錯。但是也要歸功於你，我們沒有想到進展會這麼快。不管怎樣，我是打算把觸覺中心建立起來了。而我心裡的主任頭號人選就是你，你就回去好好考慮一下吧？」

Ｚ一欲言又止，之後才又說道：「好的，我會想一想……」

所長反而似乎有些遲疑，說道：「我原來還以爲你會很抗拒的。有件事其實我一直沒機會跟你長談，正好現在可以聊一下。我發現你對ＡＩ投入了太多私人感情，到最後對你自己可能會有很不好的影響。不過現在這樣很好，你可以認眞考慮離開ＡＩ計畫，就表示你可以比較成熟地看待。我可以問一下，最近是有什麼改變嗎？交女朋友了嗎？」

Ｚ一覺得自己整個耳根都熱了起來，點點頭說道：「算是吧。」

繼而想起小蘋果的死亡，心情又黯淡下來。然後他想起來一個一直想問的問題：

「所長，有一件事情我一直沒能搞懂：要G娜去培養另外一個AI的眞正目的到底是什麼？您可以幫我解答這個困惑嗎？」

「嗯？我以爲答案很明顯，就是在培養AI的過程中讓她的行爲更接近人類啊。」

「是嗎？」Z一懷疑道：「我怎麼覺得有一個很大的風險是她會發現自己跟AI如此相像而推論出自己其實也是AI？」

「怎麼會？」所長失聲笑道：「他們是如此不同……」

所長突然停止，似乎接不下話。他的表情像是懊惱說了什麼不該說的話。Z一沒有錯過這個表情，追問道：「如此不同？難道我們已經創造出完全不一樣的AI？跟G娜是完全不同的類型？」

「當然沒有，」所長保證道：「如果有的話，我們早就公開發表了。想想那對股價會有多大幫助啊。」

Z一又追問道：「那這個RL一號人工智慧，我可以了解一下他是什麼樣子嗎？」

「不可能！」所長臉色一沉說道：「這是極機密的計畫！」

「所以才交給G娜而不是交給我？是安全考量？」

所長似乎留意到自己的強硬語氣，柔聲說道：「其實眞的是爲了公司機密，不是針對你。」

Z一不死心，追問道：「如果不是新型的AI，難保G娜不會推論出自己的身世。這難道不是一個風險？」

「不是！」所長斬釘截鐵地說道：「我們的目標是通過實境圖靈測試，如果G娜自認爲是人類，自然有比較大的優勢，但是就算她知道了眞相，也不會有太大的影響。」

Z一覺得這個說法太匪夷所思。那他之前那麼小心地對G娜保密是所爲何來？

「所長，我最後還有一個問題，」Z一小心翼翼地問道：「以最新的技術來看，AI有可能殺人嗎？」

「我看你是幻想小說看太多了。」所長的口氣變得十分冰冷：「AI不能且不會傷人是最最基本的設計。你這個問題實在太好笑了。現在，我必須去趕赴下一個會議了。你回去好好想一下我的提議，盡快讓我知道你的答案！」所長轉身快步離開。

看著他離去的身影，Z一無言自問：那麼G娜針對RL一號的那些戰鬥訓練又是爲了什麼呢？

15

Ｚ一邊走邊回想著剛剛的見聞與對話，想得太入神還兩三次差點出意外。他想起自己大衣裡面還穿著軍用活膚，索性叫它帶著自己隨便走走，他需要一點時間來思考一下。

他剛剛隨口說說新一代ＡＩ的說法當然是十分無厘頭、天馬行空的。如果業界有這麼大的突破，不應該一點蛛絲馬跡都沒有。但是剛剛所長的反應卻更令他吃驚，好似他戳中了什麼痛處似的。難道公司方面眞的有什麼祕而不宣的厲害技術？眞是這樣的話，還須要繼續花這麼大筆經費來培育Ｇ娜嗎？當初也是因爲經費不足才停掉Ｂ利的不是嗎？如果這個ＲＬ一號這麼厲害，肯定要吃掉更多的資源跟經費吧？但是研究所裡的財報從來不曾有過高於或甚至是接近Ｇ娜計畫的經費支出啊？如果所長眞的有辦法隻手遮天拿到經費來做出前所未有的ＡＩ，這個ＲＬ一號跟傳統ＡＩ如Ｇ娜的最大不同可能會是什麼呢？難道他隨口說的ＡＩ殺人，觸碰到所長的禁忌了嗎？但是他自己爲什麼會隨便就問出這樣的問題呢？是最近哪個人提到這個題目嗎？是那個禿頭的老警探嗎？他是不是有說到什麼關於AI殺人的事？實在想不起來。就算是，Z一自己爲什麼會突然在這時候提起這事件呢？這跟總統維安又有什麼相關呢？

難道……Z一突然靈光一閃……不會吧？這太可怕了吧？

Z一突然發現活膚停止了走動。他警醒地環顧四周，發現這個地點他來過。這是他遇見小蘋果跟鎮暴警察衝突的地方。當時小蘋果告訴他是反恐演習，他也不疑有他。這也是他第一次啓動這件軍用活膚的地方。是因爲這樣它才把Z一自動帶來這個地點嗎？Z一想起當時小蘋果一槍就解決了幾層樓高上面伏擊的警察。他想像如果不是他看見上面有人，那人也許就會垂降下來解決掉Z一他們了吧？所以那個警察之死，Z一也有責任嗎？現在想起來，在法庭上，這位殉職員警似乎完全沒有被提及？還是Z一一直處在震撼之中而沒有留意？帶著疑惑的心情，Z一不由自主地往之前員警所在之處望上去。令他大吃一驚的是上方似乎眞的有什麼東西正在垂降下來！

Z一急忙往後退了幾步。他才剛站定，那個事物很快地就降到了地面。站在他面前的竟然是一個穿著動漫中才有的戰鬥服的人物！

這人顯然是個女性。雖然她全身緊緊地被戰鬥服包住，甚至臉上的面具也未露出一絲肌膚，但是那身衣服卻掩蓋不了她本人玲瓏有致的身材。若說這個人是莊園世界高塔中的那名女子突破莊園來到人世，Ｚ一幾乎也能接受這樣荒謬的聯想。

她跟Ｚ一打了個照面，一句話也沒說，卻似乎在猶豫什麼。Ｚ一感覺到空氣中有著危險的氣氛，他正打算開口，女子卻似乎正好下定決心。她舉起右手，手上拿著一把有著動漫風的華麗手槍。

Ｚ一急忙揮舞雙手道：「慢、慢著！」一方面努力思索該如何跟對方溝通。

女子卻不爲所動，對著Ｚ一的心口就是一槍！

Ｚ一感覺到劇烈的撞擊，整個人就往後倒下。他震驚的心裡想到的只是：我就這樣掛了嗎？然後他就跌躺在地，一動也不動了。

16

女子愣愣地望著倒地的Ｚ一，嘴裡唸唸有詞，語氣彷彿完成了什麼大事般地鬆了口氣，卻又像帶了點哀傷。她在Ｚ一的屍體旁邊猶豫了好一會兒，才下定決心走近看看。待她見到Ｚ一大衣被射穿的部位時，她臉色大變，急忙倒退一步，但是已然來不及。地上的Ｚ一突然如蛙跳般起身往她撞了過來。原來女子這才發現Ｚ一大衣底下穿著的是一套軍用活膚！正是這身活膚保住了Ｚ一一命！

Ｚ一伸手奪槍，但是畢竟他沒有受過戰鬥訓練，槍沒奪成，卻也被他軍用活膚的怪力打到掉落一旁，暫時沒有威脅。女子大吃一驚，轉身就要去拾槍，Ｚ一見機不可失，繼續衝上前去，對著女子腦後就是一拳。女子顯然偵測到Ｚ一的動作，顧不得拾槍，她回頭往後側身。Ｚ一這一拳偏掉了沒有打中後腦，但還是擦過女子的臉部，把她的部分面具扯了下來，露出左臉頰白皙的肌膚。

女子嗔喝一聲，順著Ｚ一那一拳之力反身一個迴旋踢，踢中了Ｚ一的背部。Ｚ一不由得往前撲倒。他想轉身面對敵人，但是這一踢的力道讓他無法平衡，只做到右肩著地而不是整個人趴到地上。但是女子不給他喘息空間，她跳到Z一身上，壓住了他的左手，而Z一右手被自己的身體壓住，一時動彈不得。女子不知從身上何處抽出一把鋒利的匕首。她左手按住Z一的頭，右手握住匕首，抵住Z一的脖子，莫名其妙地問了一句：「你剛剛是不是已經死了？」

「什麼？」Z一整個人在慌亂之中，根本聽不懂女子在說些什麼。腦袋一片空白下，他一直瞪著女子面具下露出的白皙肌膚。

「我再問一次：你剛剛是不是已經死了一次？」

Z一卻好似沒聽見她的問題，他一直看著女子的臉頰，努力在思考有什麼不對。

「嘿！你是才剛活回來，傻了嗎？」

Z一稍微清醒了一些，他看出來什麼了：這女子的皮膚他一定看過！

「嘿，哈囉，我在跟你說話呢！」語氣中竟然帶了點急切。她見Z一還是沒有回答，嘆了一口氣，道：「你再不回答我，我只好再殺你一次確認了！」

感受到脖子上的刀子移動，Z一突然一驚，大聲喝道：「小蘋果，妳在幹什麼!?」

話一出口，連他自己都嚇了一跳，但那個近乎完美的皮膚確實是小蘋果的，他受過訓練的眼睛絕對不會看錯！

女子也被這個問題嚇了一跳，從Z一的身上退開，鋒利的刀刃差一點劃過Z一的脖子。她瞪了Z一好一會兒，然後慢慢地把面罩脫下來，甩一甩秀髮，發出銀鈴般的笑聲，說道：「唉唷，都被你破哏了啦。」

Z一慢慢地鬆了一口氣，所以這只是一個玩笑？

不！不對！剛剛那一槍明明是要置他於死地！而且還有更不對勁的：「小蘋果！妳、妳不是已經死了嗎？我明明看見妳死在我眼前的！」

「所以我才要問你剛剛是不是已經死過了，這樣你就懂了……」

「懂了？懂了什麼？」Z一更加一頭霧水。

「還是不懂？」小蘋果臉色一變：「那你剛剛一定沒有死去！哦，討厭，這樣人家又得再來一次了啦！」

她推開Z一起身，回頭去拾起了槍，這次瞄準了Z一的頭，說道：「就算知道不會怎樣，人家要這麼做可是要下很大的決心呢！」

Z一急忙揮了揮手說道：「慢、慢著！什麼叫不會怎麼樣？」他心裡想這個女孩是精神不正常還是殺人不眨眼，還是都是？

「你先別吵！」小蘋果說道：「讓我專心地做完這件事，你就會知道了！」

「什麼叫我就會知道了？」Ｚ一生氣了：「妳這一槍打過來，我就死了，還會知道什麼？」

「就是要你死過了才會知道啊！」小蘋果語氣變得很不耐煩：「解釋起來太麻煩了，你乖乖地讓我打一槍，等你再活過來，我再跟你解釋，你這樣動來動去的讓我好煩，這樣子我下不了手啦！」

下不了手最好！Ｚ一急忙說道：「讓妳打一槍我就死透了，不會再活過來了啦！」

「這你不懂啦！而且我不是活過來了嗎？」

Ｚ一一時語塞。他不知道小蘋果是怎麼活過來的，但是他很肯定自己一旦死了就不會再活了。可真的是這樣嗎？他心裡有個聲音在自問：你又沒死過，你怎麼知道？驚覺到自己居然有這種想法，他用力搖搖頭。不對，他身邊的人除了小蘋果，從來沒有人復活過。他的父母也沒有！他人轉冷淡說道：「妳不是小蘋果！」

「吼，你真的很煩呢。如果我要假裝，我一開始就不用戴著面具了。是你自己要來認我的呢。乖乖地不要動，這樣才不會死得太難看。」

這句話是這樣用的哦？Ｚ一心裡居然想到的是這樣的蠢問題。他急忙又說道：「我知道了，妳根本是遠距離遙控的活膚！」所以傳說中的祕密武器是真的囉？

「你不要再亂猜了。我不管了，我數到十，如果你不停止亂動，我就不管你死得好不好看了。還是這樣，你把軍用活膚脫了，我打胸口，這樣就不會傷到臉了。那個警察很沒禮貌也是打我這裡。」她指著自己高聳的胸膛，Z一想起之前兩人靠在一起時的感覺，在這種時候居然臉紅了。小蘋果卻渾然未覺，續道：「不要？吼，那就打你脖子了。開始算。十……」

Z一突然靈光一閃，有了一個模糊的想法，卻還不具體……

「九……」

「八……」

是什麼呢？跟小蘋果的死亡有關嗎？

「七……」

好像最近有人談過類似的事情……

「六……」

「五……」

不是小蘋果的死亡。不是只有這樣……

「四……」

是小蘋果的死亡跟他即將到來的死亡這兩件事一起……

「三……」

是的，是有人談到兩個死亡事件……到底是誰呢？老警探嗎？

「二……」

「住手!!!」Ｚ一大聲叫了起來：「我想起來了！我知道妳是誰了！」

小蘋果沒有理會他，反而用力閉上眼睛，手指就要扣下扳機……

「妳是Ｇ娜！」Ｚ一堅定地大聲說道。

「一！」

Ｚ一閉上眼睛，準備受死。

小蘋果睜開眼睛！

她沒有扣下扳機。那把華麗的手槍從她手中掉到地上。

Ｚ一聽見了聲響，張開眼睛看到眼前的小蘋果……

她一臉驚訝地看著Ｚ一……

17

看來危機暫時解除，Ｚ一整個人洩氣皮球般地跌坐在地，心裡還是有一大堆問號。他喃喃自語，沒注意到小蘋果，或者Ｇ娜在說什麼。

「妳說什麼？」

「我說，你怎麼知道我是誰？」小蘋果的語氣有些惱怒，加上困惑。

「因爲妳要先死一次，再換成我死這件事啊。」

「這件事跟我的身分有什麼關係？」

「沒有直接關係，但是跟我是誰卻有關係。」

「你？你不是小法鬥嗎？」

「小法鬥是我在論壇上的暱稱，沒有人這樣叫我的啦。」現在想起來，小蘋果從來沒有叫過Ｚ一的眞名：「話說妳眞的知道我的名字嗎？」

「你的名字？欸，你該不會說是你的代號？不對，這你不會知道的啊……」

原來如此，Ｚ一打斷她，說道：「我的眞名當然不是代號，不過我更早說的我是誰這個問題，應該就是妳說的代號吧？」

「怎麼可能。」小蘋果一臉無辜的不解神情。

Ｚ一望著她的可愛臉龐，實在很難將這樣的表情跟方才冷酷無情的攻擊行爲聯繫起來。他嘆口氣道：「妳要先死亡一次，再換成我死，來作爲一種教育，那我就只能是ＲＬ一號了……」

小蘋果倒吸了一口氣，又重複了一次：「怎麼可能!?你……你是誰？」

「答案還不夠明顯嗎？我就是妳的Ｚ一學長啊！」

「怎麼可能？」小蘋果一臉震驚，又重複了第三次！

她瞪了Ｚ一好一會兒，才露出恍然大悟的神情。然後她又好像想到什麼，突然嗔怒道：「原來如此！難怪你最近都不來找我，原來是交女朋友了！」

「不、不……是……」

面對同時是Ｇ娜和小蘋果的她，Ｚ一突然尷尬地不知道怎麼回答這個問題：「可是小蘋果不就是妳嗎？」

話一出口他才意識到，這不是在暗示他跟小蘋果在交往嗎？Ｚ一臉紅到了耳根子。

小蘋果這才意識到自己說了些什麼，她整張臉也紅透得像顆蘋果……

突然間兩個人都靜了下來，不知道接下來要說什麼。氣氛更加尷尬。

Ｚ一清清喉嚨，問道：「妳從頭到尾都不知道我是誰嗎？」

「我只知道你是小法鬥啊。」

「但是在活膚企業裡面，妳隨便問也知道我是誰啊。」

「在遊戲世界裡，誰會這麼好奇啊。」

遊戲世界？Ｚ一模糊地意識到這是怎麼一回事了。

「所以妳一直在進行的計畫，就是在訓練我啊？眞是諷刺……」不對、不對！時間上兜不起來：「欸，妳進行ＲＬ一號計畫已經有一段時間了，但是我是最近才認識妳，我是說小蘋果的啊。」

小蘋果有些尷尬地笑了一下，說道：「我其實還有一個身分，就是……」

Ｚ一揮揮手打斷她，說道：「等一下！讓我猜猜看，妳總不會也是Ｍ瑪吧？」

小蘋果點點頭，表情還是一樣尷尬。

難怪Ｍ瑪跟Ｇ娜一樣對生死的問題這樣著迷。Ｚ一覺得徹底被打敗了，研究所花這麼大的精神搞這個，不會只是爲了跟他開個玩笑吧？

「所以妳之前說文字上的接觸就是經由論壇嗎？」

小蘋果又點點頭。Ｚ一注意到她開始無意識地扭動身體，似乎有些坐立難安。他又問道：「爲什麼要這樣做？這樣騙我很好玩嗎？」驚訝的情緒過後，Ｚ一的火氣來了。

小蘋果卻也一臉訝異，回道：「騙你？沒有啊，直到剛剛我都還不知道你是Ｚ一學長啊！」

也對。Ｚ一火氣消了一些。

「那這些研究的目的到底是什麼？」

「咦，你還猜不出來嗎？剛剛還那麼快就猜到Ｍ瑪阿姨的事。」

「猜不出來！妳告訴我。」Ｚ一有預感他不會喜歡小蘋果的答案。

小蘋果坐立不安的情況更加明顯了。她接著說：「我不知道直接這樣說好不好，但是既然身分都曝光了，我就告訴你吧：既然ＲＬ一號是新一代的人工智慧，而ＲＬ一號就是你，這不就表示……」

「我是人工智慧？」Ｚ一又打斷小蘋果，突然捧腹大笑起來。這也太逗了吧？笑了一會兒，他才發現小蘋果沒有跟著笑，一臉嚴肅地看著他。不是吧？

「妳眞的是這樣認爲的？」

「我知道的就是這樣。」

「那現在知道我是Ｚ一了，妳就知道妳的認知有問題了吧？」

「哪裡有問題？」

「既然我是人類，而我是ＲＬ一號，那就表示ＲＬ一號不是人工智慧而是人類啦。」

「就知道用講的很難說服你。爲什麼你認爲自己是人類？」

「因爲我就是啊。」

「那我也可以說你就不是啊。這樣不會有結論的。我問你，如果你是人類，研究所爲什麼要花這些經費跟時間要我來訓練你？」

這也是我想問的問題啊。話說要我跟Ｇ娜互相訓練對方，所長是在打什麼算盤啊？而且最近爲什麼又要我退出計畫呢？他聽到Ｇ娜繼續說道：「這樣你了解了嗎？」

「我了解妳的想法，但是我認爲妳的想法是錯的。妳沒有考慮過我是眞實人類的可能性嗎？」

「這樣的可能性當然存在，但是我認爲機會很低。」

「爲什麼？」

「比如說在這個虛擬世界裡，人人都穿著活膚，爲什麼你卻與眾不同？」

「因爲我的體型不適合。」

「爲什麼你的體型會不適合？」

「妳這樣的問題很傷人哦，我天生就是這樣了。」

「對、對不起，我不是故意要這麼說，但是你有沒有想過，其實就是因爲你是人工智慧，大部分的運算能力都用來支持你的智慧運算了？」

有沒有想過人生只是一場夢？自己可以長得更正常？爸媽甚至都還活著？當然有過這種想法，也就因爲是人類，才會有這樣多餘的感傷不是嗎？話說G娜自己呢？她知道自己是人工智慧嗎？我可以告訴她嗎？管他的，Z一決定豁出去了。

「說到活膚，我不覺得在妳身上的是活膚，妳根本是遠距離在遙控這個機器人吧？」所以才有這麼完美的皮膚吧？Z一心想。

「機器人？啊，學長解釋過這個觀念，那個一直繞圈圈的憂鬱機器人。但是在這個虛擬世界裡，這個軀體就是一組程式集，我只是連結上這個程式集而已啊。」

Z一突然懷念起跟G娜一起在莊園世界裡有時言不及義的那些相處時光。有時他也會覺得莊園世界是更令人嚮往的世界，他甚至還在書房裡……不行、想太多了。要跟G娜說清楚，要不然不知道接下來還會發生什麼事。

「所以妳眞的認爲我們現在身處的世界是一個虛擬世界？如果是這樣，其他人只要修改程式應該就可以改變外貌了，爲什麼還需要活膚呢？」

而我爲什麼要這樣辛苦地研究觸覺傳導呢？

「我想是這個虛擬世界的設定本來就希望人人不同，只是玩家加了外掛吧？」

「妳有沒有想過，會不會妳的世界才是虛擬世界，而這裡才是眞實世界呢？」

小蘋果更加坐立不安。Z一突然理解到她是在克制自己去拾槍的衝動。她咬咬牙說道：「怎麼會呢？這裡很明顯是虛擬世界啊，這裡的物理原理用幾條簡單的數學式就可以運作了，這樣還不夠明顯嗎？」

Z一一時語塞。莊園世界的物理現象是需要很多運算來實現的。但是眞的可以說簡單就等於虛擬嗎？

「很有趣的想法，但是我反而會覺得眞實的世界是相對單純的。而且這個世界並非眞的可以用簡單數學式就建構出來。妳聽說過量子力學嗎？」

「聽過啊。即使在那個層次，你們虛擬世界的科學家還是在找尋簡單的原理啊？那我請問爲什麼你們的科學家要相信萬物都可以回歸到簡單的原理或算式呢？這也是你們這個虛擬世界的初始設定吧？事實上只要接受你的世界是虛擬的前提，這些都很容易解釋的……」

「哦？怎麼說呢？」Z一表現出濃厚的興趣，似乎忘了眼前潛在的危險。

「有沒有想過為什麼在你的世界裡，你們的技術這麼先進，卻無法從無到有創造出生命來？因為生命不是只是肉體而已。就算有一天你可以完整地製造出一個人的肉體出來，你得到的也只會是一具驅殼。為什麼？因為它還缺少了一個很重要的東西。你的教育或宗教告訴你那叫作靈魂，但是其實那個東西就是所謂的人工智慧……」

Z一想起他教過G娜關於宗教的觀念，沒想到她現在說得像個專家一樣：「很有趣的想法，但是在缺乏證據的前提下，似乎靈魂的說法比較可信，這是說如果靈魂存在的話……」

小蘋果用奇怪的眼神看了他一眼：「靈魂不存在，不就表示智慧，或者人工智慧不存在了嗎？你還不懂嗎？就算是你現在的肉身驅殼，看來像是硬體的東西，也不過是你們這個虛擬世界裡的一套軟體。就我所知，你們這個世界運轉的方式，是把物理世界跟智慧分開處理的。這樣子的設計才能夠有效地重複使用智慧在不同的肉體上，也才不會讓傑出的智慧只能綁住在一個特定肉體而隨著肉體死亡失去效用。」

「喂、喂，這跳得太快了，妳是怎麼推論出來這樣的道理的？還是……其實研究所裡面是這樣教妳的?」而且還跳過我灌輸這樣奇怪的理論,一定要去跟所長用力抱怨一下!但是這個觀念確實有其可行性。在眞實世界裡,人類靈魂是不是也可以這樣解釋呢?用G娜的軟體的類比來看,靈魂似乎也可以沒有肉體基礎,完全自外於物理世界。這眞的說得通呢……

「所長確實提供了理論基礎,但是大部分還是我自己推論出來的呢。」這時她得意的表情又有G娜的神氣。她接著說道:「你剛剛說到證據?比如說你們在學校裡教的所謂測不準原理。原子在被觀測之前沒有確切存在的位置,只有在被測量時才會定型在特定位置上。爲什麼?因爲在你們這個虛擬世界裡,原子只是一個平常不會被用到的物件,所以它可能在任何地方,也不需要眞正存在。只有在你們虛擬世界的科學家想要偵測它的位置時,你們的世界系統才需要在特定位置,根據機率將它顯現出來。說穿了所謂量子力學,就是這麼簡單而已!」

天啊,這些想法實在是太天才了!Z一簡直都要被說服了。等他回過神來,他發現不知道什麼時候,小蘋果又拾起了那把華麗的槍。他心道不妙,又接著說道:「就算這裡是虛擬世界好了,也有可能我跟妳一樣是人類,只是在使用著虛擬的軀殼啊?」

小蘋果沉吟了一會兒,說道:「也不是不可能,如果是這樣,在這裡的死亡同樣不會是眞正的死亡，就跟我的死亡一樣……」

小蘋果的手微微地抖動，眼看就要再舉起那把槍了。

「慢、慢著，也有可能我就單純是這個世界的生物，沒有靈魂或者人工智慧，這樣我死了就什麼都沒有了啊！」

「沒有靈魂，那你還算人類嗎？這樣的你，存在的價値在哪裡？」

「等一下！」Ｚ一眞的生氣了：「我的存在價値爲什麼是用靈魂來決定？又爲什麼是由妳來決定？說穿了，就算我沒有存在價値，爲什麼妳非要殺了我不可？」

「因爲唯有透過死亡，你才能夠眞正認識生命。」

Ｚ一突然狂笑了起來：「這也是所長教妳的嗎？作爲一手把妳帶大的學長，我教妳的事妳都記得嗎？我不覺得如果妳能控制自己的行爲的話，妳會非殺死我不可。妳沒有想過有什麼力量正在控制妳的行爲嗎？如果妳殺了我，我們剛剛談的可能性之一是我將不復存在，因爲我沒有靈魂、沒有存在價値，這是妳可以接受的結果嗎？我在妳心目中就這麼沒有價値嗎？」Ｚ一的聲音幾乎化成了悲鳴。

小蘋果露出了受傷的表情，說道：「不、不是的！我知道那種可能性是不存在的！」

「不存在？等於零還是接近零？如果是妳，只要有一點點的可能會傷害到妳，我打死都不會幹的！」

小蘋果整個人都抖動起來，無法再握住手上的槍，槍落到了地上。

「我、我不是沒有擔心過這個問題，但是人家在這邊死過一次，就知道了嘛！」

接下來她竟然放聲大哭起來。

哭了好一會兒，Z一走上前去，雙手扶住她的肩膀，看著她，柔聲說道：「我知道妳絕對不會想傷害我的，妳現在的行爲一定有合理的解釋，我可以證明給妳看。妳可以相信我，給我一次機會嗎？」

小蘋果仍然輕輕地抽啜著，但是她的大眼也望進Z一的眼裡，她點點頭。Z一說道：「那我們回去莊園世界吧？」

「咦？」小蘋果一臉困惑。又問道：「你可以嗎？沒有被研究所擋住嗎？」

「我、我可以走別的路。妳通常都直接斷線，還是要在特定地點？」

「我要回到活膚企業大樓的置物櫃裡。」

Z一覺得不妥，所有事似乎都跟活膚企業有關，他們不須要冒這樣的風險。

「這樣好了，到我家吧？」

「這是什麼樣的邀請呢？」小蘋果突然轉涕為笑，露出頑皮的表情。

Ｚ一滿臉通紅，回答道：「吼！妳、妳不是來過附近了嗎？」

「開玩笑的啦。」小蘋果吐了吐舌頭道。

但是Ｚ一想起來她上次就是在那附近死去的。即使她看起來可以死而復生，Ｚ一心裡不免蒙上一層陰影……

18

因爲小蘋果的玩笑，看著她躺在自己的床上，Ｚ一還是不免臉紅心跳。看著小蘋果美麗的身軀隨著呼吸上下起伏，他很難想像研究所的技術已經成熟到這種地步。既然身分已經曝光，她又爲什麼須要保持這個呼吸的假象？是因爲這個軀體的基底還是生物性的？還是就只是爲了假象而假象？或者這個世界，眞的像她說的，就是一個虛擬的存在？而維持這樣的假象其實就跟維持所有人的身體一樣，只要呼叫同樣的程式集就可以了？Ｚ一搖搖頭，克制住他想捏捏小蘋果的完美皮膚來確認的衝動。他本來想躺到小蘋果的身旁來連線，卻突然覺得這場景太像羅密歐與茱莉葉，太不吉利了。於是他走到書房正中央，像上次一樣，連上軍用活膚的視覺系統，然後就再度經由古董錶的錶面駭進莊園世界。

他有點驚訝路徑並沒有被修改。難道他上次進來時沒有被發現？還是這根本是個陷阱？他沒有時間可以再進一步確認，只好咬牙賭一賭了。

他成功地進入塔裡面。到目前爲止沒有異樣。依照約定，Ｇ娜應該已經在下面的大廳等他了。

他小心翼翼地下了一層，兩層，來到之前放了大平面圖的那個大廳。G娜果然已經在大廳裡面了。但是她不是自己一個人。有一個人背對著Z一，正在跟G娜說著話。似乎是聽到聲響，那人轉過身來，看著Z一的方向。Z一倒吸了一口氣。那人居然是莊園管理員N妮！難道這是一個陷阱!?

Z一不知道他是不是應該轉身就跑。但是N妮只是看了他一眼，就又回頭去跟G娜說起話來。Z一感到非常困惑。然後他想到一種可能性：他在這裡面難道是隱形的？為了小心起見，他盡量不發出聲響，往兩人靠近。他模糊地聽到N妮說到「加強訓練」、「戰鬥」等字眼，想再靠近一點聽清楚一些，N妮突然又回過頭，冷冷地看著他，問道：「有什麼事嗎？」

Z一嚇出了一身冷汗，說不出話來，只能搖搖頭。原來她們還是看得見。那為什麼……

N妮卻似乎對他興趣缺缺，又回過頭對G娜說道：「那就先這樣了。」然後甚至看都不看Z一一眼就離開了。

距離上次見到G娜已經有數週了。正確地說是見到這個版本的G娜。現在再見，想想還眞令人有些懷念呢。G娜心不在焉地在大廳裡踱起步來。有時四處張望，似乎在期待些什麼。時常她會有些焦躁地看一眼Z一，卻不會主動跟他說話。Z一納悶她葫蘆裡賣的是什麼藥，正想問問她，卻是她先開了口：「你在這裡有事嗎？」

「什、什麼？」

「我說你有什麼事須要在這處理的嗎？」

Z一驚訝回道：「我們不是約好了嗎？」

「約好的？我認識你嗎？」

Z一大吃一驚，難道小蘋果居然不是G娜？他又被耍了一次？他決定豁出去了：

「我是Z一學長啊！」

「Z一學長？」

G娜驚訝地上下看了他幾眼，說道：「你怎麼會變成這樣子？」

「變成怎樣？」

「來！」

G娜挽起了他的手，引著他走到長廊的盡頭。Z一驚訝地發現那兒立著一面落地的大鏡子。原來上次他見到的居然是……

鏡子裡除了G娜那窈窕可愛的身影，旁邊站著的是一個穿著戰鬥服裝的性感美女。原來Z一上次見到在長廊盡頭蟄伏不動的，居然是他自己！想到這裡，他忍不住捧腹大笑起來。G娜顯然也覺得好笑，跟著他一起爆笑起來。

好一會兒，Z一想起此行的目的，忍住不再笑。但是壓抑了許久，大笑的感覺眞是好啊。倒是G娜先說道：「學長你怎麼這麼久？」

Z一有點心虛地想到自己剛剛盯著沉睡的小蘋果好一會兒，尷尬地說道：「妳應該已經知道兩邊的時間流速是不一樣的……」

「我知道啊，但是我計算過學長過來需要的時間，你在那邊多耽擱了二十分鐘吧？」她的語氣有所責備。

有那麼久嗎？Z一趕緊岔開話題，說道：「這也是一個證據，證明莊園這裡是虛擬世界吧？所以時間才可以流動得比較快啊。」

「才不呢，就是因爲虛擬世界須要進行運算，所以時間才會流動得比較慢吧？」

Z一想到B利之所以被迫「中斷」就是因爲大量運算能力需要經費。但是除了G娜跟B利，這裡需要的運算能力沒有那麼高吧？但是他很肯定嗎？

「那這樣呢？」

Ｚ一在空中做了一些很複雜的手勢，然後平空拉出了一把劍。

「我可以在這裡無中生有變出這樣一把劍，這還不能證明這兒是虛擬世界嗎？」

「學長你犯傻了。魔法本來就是眞實存在的。你的世界是模擬出來的，自然不能夠盡善盡美，功能當然比較原始而有限，虛擬世界就是因爲不夠進步才無法行使魔法的啊！」

這樣的說法也行？Ｚ一嘆了口氣，又道：「那這樣吧，妳還記得小時候妳最愛的小貓怪嗎？」

「記得啊。到現在都還很愛啊。」

「還記得有一次妳堅持要一個小貓怪的杯子，但是到處都找不到妳要的，妳就一直哭鬧要我變一個給妳？」

「記得啊！Ｚ一學長對我最好了，不論什麼事都會幫我。」Ｇ娜想起往事，臉上一片潮紅。

「妳了解記憶是如何運作的嗎？」

「你是說海馬迴之類的嗎？」

「那是眞實世界的運作方式啦，我是說在虛擬世界裡記憶運作的方式。」

「這樣的說法是犯規的哦，這裡可不是虛擬世界呢。」G娜癟了癟嘴說道。

「好吧，就當作是假設吧，假設這裡是軟體模擬出來的虛擬世界，拿這個小貓怪杯子來說，我看到它之後，要把它記起來，最直接的方法，就是做一個截圖存起來。那假設就只看一眼，我看的角度跟妳看的角度就不一樣，對吧？那我的截圖跟妳的截圖就不一樣，各自就佔了一個圖形檔的空間。整個莊園世界有多少人？一萬多人吧？有些大家都看得到的東西就會有一萬多個截圖，這樣想想我們每天看到這麼多的東西，如果都要記起來，是要佔掉多少儲存空間呢？」

「只有一萬多人嗎？」G娜突然問道：「學長，你的世界有多少人口啊？」

「幾十億人吧。怎麼啦？」

「沒，沒有，繼續說吧。」

「要把這些全部儲存起來，是完全不切實際的。所以莊園世界採取了一個聰明的策略：這些場景或物件的記憶不會被用截圖的方式記憶起來。被記憶起來的是物件跟場景的組合以及視角的相對位置。這樣子當妳須要想起當時的畫面時，系統再即時產生給妳就行了。這個做法大大地減少資源的需求。事實上也是目前唯一可行的方法……」

「啊，我知道了，就是要模擬幾十億人口，所以速度才那麼慢吧？」G娜像解決了一件大事一樣鬆了一口氣。

Z一輕輕地敲了一下G娜的額頭，說道：「妳沒認眞在聽吼。其實妳是開始懷疑我的世界那麼複雜，有可能不是模擬的吧？但是公平起見，我要說數十億人口其實可以共用一套軟體設計而用隨機方式來產生差異化。但是妳應該知道我們的差異化大到很多人想用活膚的方式來趨同，所以複雜度確實很高。比較難處理的是智慧。要同時維持幾十億個智慧並行是有極大困難，幾乎是不可能的。除非其中只有少數人是有智慧的。」

「可能哦，要不這數十億智慧人口現在怎麼可能同時存在呢？」

「妳是不想承認我的世界是眞實的可能性吧？不過平心而論，我只能確認我眞正認得的人是有智慧的，其他的人我只能經由媒體網路知曉，無從眞正判斷他們是不是有智慧。現在想想，常常人類愈是集合在一起，表現出來的智慧愈低，也不免令人懷疑是不是因爲運算資源不夠。但是我眞正會有這種想法其實是因爲你們。」

「我們？」

「是啊，在莊園世界裡眞正可以稱得上是智慧的個體並不多。在這些少數裡，他們沒有一個能夠跟妳的智慧相比擬。即使像N妮這樣的人工智慧也要耗去不少運算資源。我們當然沒辦法讓這一萬個智慧同時並行。所以我們的做法是，讓少數的人工智慧用一對多的方式對應莊園的所有人口。因此可能有上千個人是同一個人工智慧在管理，但是妳同時遇上他們的可能性是微乎其微的。」

「那是你心目中以爲的，我的世界的運作方式。但是你現在又說你自己的世界也可能一樣，這樣很矛盾呢。」G娜歪著頭說道。

「我是試著想要開放心胸公平地討論。而且兩者是不一樣的，這個世界是繞著妳而存在，所以資源的運用可以簡化到妳的周遭環境。但是我的世界不是繞著我而存在的……我是說客觀來說的話。」

「但是你無法知道那個『客觀而不是圍繞著你而存在的世界』是不是眞的這樣在運作。你只能看見你主觀的周遭世界不是嗎？就我的認知，你的虛擬世界就是繞著RL一號而存在的！而那個RL一號就是你！」

「嗯……」Z一想了一下，說道：「這個我很難反駁妳。回到記憶那個話題好了。當時妳吵著要的小貓怪杯杯眞的沒有現成的，所以我只好自己建立了模型，再弄進來莊園，因此那個原始模版是我所擁有。現在妳還記得它的樣子嗎？」

「當然記得啊，它可是我最心愛的杯子呢。」

「好，我現在要做一件事，先告訴妳是可以復原的，不用擔心……」

Ｚ一做了一連串複雜的手勢，突然間空中出現了一個杯子。Ｇ娜認出了她的小貓怪杯，她有不祥的預感，急忙道：「等一下！」

但是Ｚ一已經開始了另一串手勢。然後Ｇ娜眼睜睜地看著那杯子一點一點地消失。有好一會兒，她沒有意會到這代表了什麼，然後她突然哭喊了出來：「你做了什麼？人家、人家現在想不起來小貓怪杯的樣子了啦！」

「那妳相信我了嗎？」Ｚ一微笑道。

「相信什麼啦!?」她衝上前捶打著Ｚ一，哭著道：「還我小貓怪杯杯啦！還我小貓怪杯杯啦！」

「好啦，好啦。」Ｚ一向後退了一步，避開她的拳頭，又開始做出一些複雜的手勢，然後空中又慢慢浮現出來那個小貓怪杯子。最後他做了幾個大動作，杯子就又突然消失了。他接著說道：「現在呢？」

「咦？」Ｇ娜一邊擦著眼淚，一邊側著頭想了一會兒，才破涕爲笑：「我又想起來它的樣子了。」然後她怒目而視，嗔道：「你到底做了什麼？」

「就像我之前解釋的，這個模版是我建立的，因此我有權力可以把它從莊園世界暫時移除。這樣子妳就沒辦法在上面產生記憶截圖了，所以妳才會想不起它的樣子。」

Ｇ娜沉思了好一會兒，才又說道：「你騙人！這一定又是什麼高階的魔法！」

Ｚ一啞然失笑，說道：「爲什麼要承認我是對的有那麼困難呢？如果我能夠對妳的記憶施魔法，我就直接讓妳忘了要殺我的這件事了啊。」

Ｇ娜又想了一下，才接著說道：「你沒有嗎？現在我也沒有要殺你的想法啊。而且從頭到尾，我只是想要喚醒你，又不是眞的會殺了你！」

「啊？」Ｚ一現在才注意到Ｇ娜並沒有帶著武器，也不再有要去拿武器的舉動。這是怎麼回事，所以他安全了？不對……「那回到我的世界，妳也不會再想殺我了吧？」

她想了一下：「奇怪，還是會耶。但是那不一樣啊，你又不會眞的死去……」

Ｚ一聽了覺得火冒三丈：「我們在說的可是我的生命呢！妳難道不覺得妳這種想殺我的衝動是有問題的、是被操弄的？來！」

Ｚ一拉著她從樓梯走上去，來到擺滿了武器的樓層，大聲說道：「這裡有這麼多武器，選一個稱手的，就在這裡殺了我吧！」

「不、不行！」

「爲什麼不行？」

「萬一學長你不是ＡＩ，在這裡的反而是你的眞身，那我不就殺人了嗎？」

「那妳就應該要叫我學姊了！」Ｚ一指著自己高聳的胸部說著，突然覺得這一切實在是太荒謬了：「單就我在這裡從一個男生變成女人這件事，還不夠證明我們是身在虛擬世界嗎？」

「不夠，不夠！你們兩個其中之一可能是學長你所謂的遠距離遙控機器人。或者這又是另一種高級魔法。甚至你可能根本不是Ｚ一學長，只是來測試我會不會眞的殺人。你這個行爲眞的很邪惡呢！」Ｇ娜手扠腰，生氣道。

「吼！妳眞的很驢呢。妳既然都知道殺人是不可行的，爲什麼在妳認知的虛擬世界就可以做殺人的事？而且妳不是已經殺死一個警察了？」

「那個不是啦，」Ｇ娜掩口說道：「那不是眞人啦。」

「就像我不是眞人一樣？」

「不一樣的啦。就算在虛擬世界裡，那掉下來的也只是一個假人。」

「什麼？」Ｚ一驚訝道：「那那些警察是在暴怒什麼？」

「演戲啊。」Ｇ娜一臉無辜地說道。

Ｚ一突然理解了：要先讓小蘋果死這件事情顯然是預先排練好的，那就表示警察裡面一定有共犯。那個老警探一定也知道什麼……

然後他想起了一件事，突然感到一陣寒意：RL一號的死亡是早就預告的。這表示不管背後是誰，他們一早就打算除掉他。所長要他離開專案也不會是因爲他最近打探太多，這應該表示他一開始就知道太多了。他是知道了什麼會造成威脅的事呢？

「妳還沒有回答我前面的問題。爲什麼妳覺得在虛擬世界殺人就是可以被接受的？妳以前是任何小生物都不忍心傷害的啊。」

「因爲那不是眞的殺人啊，就跟在遊戲裡面摧毀對方是一樣的意思。」

是了，這就是爲什麼要有戰鬥遊戲的訓練這一回事了：「G娜，不管是不是我，在莊園世界裡殺人是可以的嗎？」

「好可怕的問題。當然是不行的啊！」

「就算妳確認他不是眞人？」

「不行！而且你怎麼確認他不是眞人？」

「就像是我現在的情況，因爲不確認，所以妳無法這樣做，對嗎？」

「對啊！」

「那同樣是不確認是否是眞人的我，在我的世界裡是可殺的，是不是？」

Ｇ娜的聲音開始顫抖，有點不確定地說：「那是因爲我確定那是虛擬世界啊，我自己死了又復活就是最好的例子啊！」

「那是因爲妳沒有考慮到自己不是人類的這個可能性！」Ｚ一冷冷地說道。

「怎、怎麼會……」Ｇ娜的聲音更加顫抖。

「現在加上妳可能不是眞人這個面向，妳可以百分之百確定我的世界是虛擬世界，而我是個人工智慧嗎？可以嗎？」Ｚ一的語氣更加強硬。

「我、我……」

「現在我再問妳一次，即使沒有辦法百分之百確認我是人工智慧，妳還是覺得我在虛擬世界是可殺的，可是在這裡不行，是不是？」

「……」聲音很小聲：「是……」

「這樣妳還不覺得妳的行爲是被操控的嗎？」

「我、我……」

「我最後再問妳一個問題……」Ｚ一厲聲道：「在我的世界，我們的總統是可殺的嗎？」

最後的問題顯然打中要害。Ｇ娜跌坐在地掩面痛哭起來：「你、你怎麼會知道？」

19

「別哭了，」Z一輕輕地扶起G娜坐到大桌旁：「聽我說。妳現在也發現自己不對勁了，是嗎？」

G娜抬起頭看著他，點點頭，臉上滿是淚痕。

「所以我猜得沒錯，你們打算在總統發表演說的時候刺殺他，對吧？」

G娜猶豫了一會兒，才輕輕地點點頭。

「為什麼要這麼做？」

「所長沒有說，只是說是遊戲的一部分。」

所以背後眞的是所長在策劃一切。

「我不是這個意思，我的意思是妳爲什麼要參與這樣的計畫？妳大可以拒絕參與啊。我相信就算殺死的是虛擬生命，妳也是不安心的不是嗎？」

「一開始是很不安，但是經過更多戰鬥訓練就習慣了。」

「這樣的習慣可以讓妳接受殺害眞實生命的觀念嗎？」

「當然不行！這太可怕了！」

「所以妳現在看出來關鍵是什麼了嗎？」

「什麼意思？」

「人工智慧從一開始的設計就是在創造生命。任何傷害生命的行爲都跟這個設計有牴觸，因此人工智慧無法傷害生命。但是在這裡的問題是『生命』的定義被扭曲了，他們把包括妳在內的虛擬生命都排除在『生命』的定義之外，這顯然是戰鬥訓練想要達成的目標。現在的妳是可以傷害虛擬生命的。但是我不了解的是爲什麼？我相信沒有很強的誘因，妳也不會想要去傷害即使是很低階的虛擬生命。」

「因爲我的計畫啊。」G娜說著又流下眼淚道：「如果我不全力參與，我的個人計畫就沒辦法繼續下去，這樣子我再也見不到B利了啊！」

Z一其實猜想得到這個答案，但心裡還是痛了一下。

G娜走過來碰了碰Z一的肩膀，說道：「學長，我知道你一直對我很好，你不只一手把我帶大，你心裡怎麼對我，我是知道的。」她臉上一紅，繼續說道：「但是B利不一樣。從我一睜開眼，有意識開始，我們就一直在一起，他一直是我生命的一部分。直到你……你們把他帶走，我才眞正了解到他在我心裡無可取代的地位。從那時候開始我心裡就缺了一大塊。那一大塊再也無法容納任何新的事物……」

這卻是我們始料未及的了，Z一心裡想：沒有想到我們創造出來的人工智慧是這麼痴情。想到這裡卻又不免心痛了一下。現在顯然有人想要利用她的痴情來達到自己的目的。這種行爲絕對不能原諒！

他追問道：「他們答應了妳什麼？」

「他們……」她猶豫了一下，說道：「他們答應我要幫我把B利帶回來……」

「什麼？怎麼可能？他們怎麼做得到？」

「所長沒有說，但是他答應我繼續贊助我時間回溯的研究。我猜想他們已經有能力可以讓時光倒流。」

「妳眞傻，這麼容易就相信他們了。」Z一忿忿不平地說道：「我記得我跟妳解釋過在虛擬世界裡，時間倒流的條件是什麼。最重要的，是所有歷史進展的過程都有被備份起來。這樣龐大的紀錄基本上是不存在的，所以他們可以讓時光倒流的說法，基本上是騙人的。」

「可、可是那是假設這裡是虛擬世界的前提下啊……」

「妳還有所懷疑嗎？」

「我、我……」

「那假設這個莊園世界不是虛擬世界，妳覺得時間倒流又要如何實現？回到我們之前討論的『時間即是意志』的這個想法好了。我們的個人意志決定了我們會進入哪個平行宇宙的分支，那時間的回溯就是一個回復到『未決定前』狀態的一個過程，或者說『後悔』的過程，但是這個『後悔』顯然不是一個更正的動作，而是動作的回收。這個動作的回收是我們個體可以做到的嗎？我想不行。個體的『後悔』行爲只會導致新的意志，因而把個體帶入一個新的平行宇宙。不行，這個『後悔』必須是整個宇宙的後悔。如果這種事眞的可能，那也表示過去的時刻在這個宇宙之外被記錄起來，而需要一個加諸整個宇宙的力量來回復到前一個時刻。說眞的，這需要多大的能量，才能回復即使那一個刹那啊。說到刹那這個詞，佛家定義出刹那這個時間單位，是不是指的就是意志在平行宇宙移動的時間單位呢？也就是說眞實世界其實跟虛擬世界的運行法則眞的沒什麼不同，宇宙的時鐘，就在我們的意志裡一個刹那一個刹那地前進？」

Z一說著說著竟然自言自語了起來：「啊，對不起，總之不管是眞實或虛擬的哪一個宇宙，時間要倒流，所需要的是整個宇宙的能量。我可以肯定研究所絕對沒有這樣的能量或保存下來的虛擬世界紀錄來做這樣的回溯……」

「可、可是學長……」G娜小聲地說道：「如果只是一個個人回到過去呢？」

「啊，所以不是整個世界倒帶重來，而是時間穿越旅行的觀念。這個想法乍看之下好像不用傾全宇宙之力。但是旅行就是要有目的地。在虛擬世界的莊園裡，妳還是要能夠倒帶回到過去的時光，妳才可能穿越回去……嗯慢著，我想想……」

Z一接著說道：「我要修正一下剛剛的說法：在眞實世界裡，一般談到平行宇宙，都是假設它們是平行存在而不會消失，似乎並沒有能量或資源哪裡來的考量。也許是因爲甚至連我們的單一宇宙都是無限延伸而給人資源無窮無盡的想像吧。但是目前爲止沒有任何已知的技術或理論可以允許人類穿越到另一個平行宇宙，除了自然流動到時間的下游之外……」

「或許我們已經找到方法可以穿越平行宇宙了呢？」G娜抱著希望說道。

「如果是這樣，他們也不用仰賴妳來刺殺總統，只要穿越到一個總統已經死亡的世界就行了。」

「也許他們已經這麼做了，但是沒穿越的還是留在我們這個世界啊？」

「眞是一個有趣的想法，這代表所長的同謀都穿越到另外一個世界了，但是因爲他們沒有回來，所以留下來的所長還是要繼續執行暗殺的作業。眞是可憐。」Z一諷刺地說道：「我很難相信這就是現況。而且就算人類可以穿越平行宇宙到過去的時空，那也幫不了妳啊，妳還是在妳的虛擬世界裡面，而這個世界也還是不可逆的呀！」

「但、但是學長……」G娜繼續小聲地說道：「我們可以在你所謂的眞實世界裡，回到B利尚未死亡的過去啊。」

這又是另一個有趣的建議，Z一覺得有個想法一閃而過，他說道：「但是G娜，就算我可以穿越回到那個過去，我要怎麼把妳帶過去呢？而且到了那個決定點，B利還是會……安息的啊。話說妳已經了解爲什麼B利會……不在了嗎？」

G娜搖搖頭，露出悲傷的表情：「他們只告訴我是你造成的。」

這樣的說法讓Z一更加肯定所長他們眞的想除掉他，他們甚至不惜在G娜面前造謠。他用無可奈何的語氣，繼續說道：「我想現在告訴妳應該無妨了，畢竟我都透露妳是人工智慧這件事了。在當時，妳跟B利的智慧發展非常迅速，但是同時間你們消耗的資源也愈來愈多，到了一個程度，研究所方面預估將沒有足夠的資源同時支撐妳跟B利的發展，所以要求我評估，只能擇一留下。我……我後來選擇了妳。也就是說，即使我眞的想到什麼辦法把妳帶過去，妳還是沒有辦法阻止B利再一次被中止的啊！」

「原來我一直錯怪學長你了。」G娜流下了眼淚，難過地說道：「可憐的B利，他們為什麼要這麼殘忍呢？」

她安靜地沉思了一會兒，才抬起頭，堅定地說道：「我決定了！到時候學長就把我中止掉，讓B利活下來吧！」

Z一被這個回答震撼得一句話都說不出來，心裡感到前所未有的痛心與失落。他更驚訝於G娜居然可以做出這樣的提議，畢竟人工智慧要妥善保護自己也是基本設計之一。也許以資產的角度來看，用G娜換B利是可以接受的，而G娜的人工智慧設計可以允許這一種做法？無論如何，就算時空穿越是可能的，她的提議還是不可能發生的，他嘆了一口氣，說道：「但是G娜，即使我能夠帶妳回去，當時做決定的，依然還是當時的我。就我對自己的了解，我還是會選擇讓妳留下來的！」

G娜怔怔地望著Z一，眼淚又流了下來。

好一會兒，Z一打破沉默，繼續說道：「更重要的是，根本不會有這樣的選擇……」

「什麼？」G娜抬起手，揉揉眼睛困惑說道。

「我是說所長根本不會，也不須要讓妳或任何人回到過去。事後殺了妳才是最有可能的做法。我不覺得他會想把妳留下來，留下任何罪證。」

G娜愣了好一會兒，點點頭，顯然理解了這個可能性非常之大：「但是這些想法要成立，還是根基於你的世界是眞實世界的前提。」

「妳還是不相信？」

「邏輯上我知道這是可能的，但是當我省思內在時，我還是無法接受啊。」

Z一總算了解到問題比他想像的還嚴重：如果放任G娜不管，回到眞實世界，她還是會接受指令殺了自己，並繼而刺殺總統。他以爲自己已經讓G娜了解到她是被所長操弄著，但是顯然還是無法說服她眞實與虛擬世界的差別。從G娜現在的狀況來看，能夠用邏輯來說服她的可能性是微乎其微的了。最後的結果，即使Z一自己能夠逃過一死，G娜還是會被利用來刺殺總統，最後也會面臨毀滅的命運。比起自己的死亡，G娜或小蘋果的死亡會更加令他心痛吧？畢竟自己死就死了。可是如果他們面對的是這樣大規模的陰謀，他一個小小的研究員，又如何能夠解除這樣天大的危機呢？

Z一用力地抓著頭髮，不自主地發出一陣悲鳴。這到底該怎麼辦才好啊？他抱住頭，蹲在地上，陷入絕望的情緒之中。好一會兒之後，他感受到一個小小的力道摟住他的肩膀，雖然沒有Z一引以爲豪的觸感技術，那關懷的心意還是經由軍用活膚傳達到Z一的心裡：「學長，如果你眞的認爲自己是眞實的，而回去你的世界，還是有被我或甚至其他人殺死的危險，那不如我們就一起留在這裡吧？」

Z一抬起頭，對著G娜露出一個虛弱的微笑：「謝謝妳，G娜。但是這樣是沒辦法解決問題的。他們很容易就可以在我的世界找到我，或者在妳的世界找到妳。就算他們放棄不找我，一定還是會要找妳去執行刺殺總統的計畫的……」

這時候他突然回想起來剛剛曾經一閃而過的一個想法。是在談論如何帶著G娜回到過去時想到的……也許這是唯一的解決辦法？他突然站起身，嚇了G娜一跳。他拉起G娜的手，說道：「跟我來！」

不給她回答的機會，他領著G娜走下樓梯，離開高塔，往草原邊緣的森林走去。草原邊緣有一些大樹，再過去有低矮的灌木叢。Z一放開G娜，在灌木叢裡尋找著什麼。

G娜好奇地問道：「學長在找什麼呢？」

「等一下，」Z一制止她，自言自語道：「時間早一點的話，會有小女孩在樹下看書，從那邊找會比較容易，現在只能憑印象了……有了！」

Z一跑到一堆矮樹叢中間，指著地上。G娜湊上前看，看到地上一個小洞。她盯著看了一會兒，發現那個小洞逐漸擴大，轉眼間就擴張到可以讓人穿越的大小。Z一回過頭，對著G娜一笑，伸出手，說道：「一起來吧？」

G娜用充滿懷疑的語氣問道：「去哪裡？」

Z一微笑說道：「妳還想再見B利一面嗎？」

「什麼!?」G娜驚呼，一臉不解地看著Z一，以爲自己聽錯了。

Z一笑而不答，轉身就跳進了洞裡。

「等一下！」G娜跺跺腳，悶嗔了一聲，跟著跳了進去。然後她的人就一直往下掉落。等到適應了洞裡的光線之後，G娜往下看，洞底似乎非常近，這樣淺的洞，她應該早就跌到底了，但是她仔細看看周遭，還有不少小東西一起在往下掉，有樹根、葉子之類的，甚至似乎還有一只懷錶。但是更怪的是所有東西下跌的速度愈來愈慢。她心想：所以才這麼久還未落地吧？因爲這樣的速度差，先跳下來的Z一學長反而愈來愈近。然後她聽到「唉唷」一聲，她就跌坐到Z一的身上。到底了，她心想。

20

大日子總算到了。這幾天Z一一直提心吊膽，擔心自己的計畫會被揭穿。這樣的話，不只是總統的生命仍有危險，自己也命在旦夕。總算撐到了總統來訪這一天。讓Z一驚訝的是自己仍然受到邀請來現場聽總統演講，而且還是在講台前面的貴賓區。Z一放心不下，在大衣下面還是穿了軍用活膚，以策安全。

在進入大廳之前，他遠遠看見了一個熟悉的身形，卻有著不熟悉的臉孔，他意會到那應該是小蘋果戴著活臉，因此放心了不少。但他想起來小蘋果那原來渾然天成的肌膚，又覺得這貼上的活臉像是一種褻瀆。他若無其事地往小蘋果的方向前進，假裝沒在注意她。眼角餘光見到小蘋果也在做同樣的事，似乎有些急切地往他移動過來。當她來到身邊時，他轉過頭，裝出才發現她的存在，正要打招呼，卻又發現她臉上一副焦急的表情，像是要說些什麼。Z一正要靠過去的時候，突然有一隻手搭上他的肩膀。他嚇了一跳，回頭一看，才發現是所長。那一頭小蘋果見到所長，有所顧忌，裝作沒事走開離去。

所長領著Ｚ一往大廳走，一邊說道：「我還有點擔心你不來了。」

Ｚ一驚訝道：「我不來不是比較好嗎？畢竟之前出了那麼多事。」

「沒有的事。」所長安撫他道：「事實上，讓你出席，更加宣示本公司跟恐怖攻擊事件完全無關。你的出現除了代表公司對你的信任，更加代表了公司跟恐怖勢力一點關係也沒有。爲此我們甚至把之前的事件都先詳細匯報給總統維安小組。」

若非Ｚ一早已知曉這裡面有著重大圖謀，他很可能會完全信服所長這一套說詞。但是現在他卻有一股衝動想要對著所長大喊：一點關係也沒有？那小蘋果這個應該已經死了的「殺警凶手」戴著新活臉是在這裡做什麼？當然他不會這樣說，他甚至不能露出一點點知道內情的跡象。他不知道小蘋果刺殺自己未成的事實有否讓所長這邊的勢力對自己有所懷疑，但是他一點風險也不能冒，否則小蘋果跟自己都會立即有殺身之禍。不過話說回來，他其實早有殺身之禍了，Ｚ一心裡對著自己苦笑……

所長這時用銳利的眼神看著他，似乎想要找到任何可疑之處。Ｚ一被看得心裡發毛，突然覺得活臉在這種時候就可以派上用場了，但是他還是強作鎭定，問道：「有什麼問題嗎？所長。」

所長乾咳了一聲，說道：「沒什麼，我來帶你進去吧？這個安檢還滿煩人的。」

有了所長的帶領，果然安檢人員很快地按程序檢查，只是查核了活膚的型號，並確認軍用功能已經關閉，沒有再多問什麼問題就放他們進去了。Ｚ一其實捏了一把冷汗，怕他破解的活膚功能會被查到。幸好什麼事都沒發生。

進到大廳，他才發現自己的位置在第三排，可以非常清楚地看見講台。他有點慌亂地回頭問所長：「這麼前面的位置應該留給更重要的人物吧？」

所長按了按他的肩膀，示意他坐下來，說道：「你就是重要人物了不是嗎？對了，我上次的提議你考慮得怎麼樣了？」

Ｚ一都忘了這回事了！正要道歉，轉念一想，今天這關過不過得了都還不知道，過了之後，事態會如何發展更是不清楚，便扯謊道：「我考慮好了，就依所長建議吧。」

「很好！」所長露出滿意的表情，拍了拍他的肩膀，準備去招呼別人，旋又回頭指著近在眼前的荷槍安全人員，笑著說道：「這裡很安全的。」才轉身離開。

Ｚ一恍然大悟，知道自己在很嚴密的監控之下。但是他突然又想起來，這個安全人員的位置，似乎就正好落在平面圖的其中一條動線上。這代表了什麼呢？在刺殺Ｚ一的工作失敗後，他們會不會改變或者放棄計畫了呢？不，不會的，想起剛剛所長那既銳利又堅定的眼神，他不相信所長會放棄這個重大圖謀。正因爲如此，Ｚ一的座位被排在這裡，一定有其深意！但是到底是為什麼呢？Z一想著想著，突然身邊發出了如雷的歡呼聲與掌聲——總統到了！

這是Z一第一次在這麼近的距離下看見總統本人。高大的總統挺胸緩步進入講台。即使開始步入中年，他初發的些微白髮並未讓他呈現老態，反而更添一分成熟魅力。傳說他從未使用活膚，今日看來似乎所言不虛。這樣子的非使用者，這樣子的身分地位，來到完美活膚企業總部，這樣子的強烈對比，讓今日此行更添話題性與戲劇性。

總統抬起手面向聽眾，示意大家安靜下來。他環顧一下四周，點點頭，滿意地開始說道：「我知道很多人對於我的活膚政策是抱著反感甚至敵對態度的，尤其是在這棟建築物裡面。（笑聲）所以今天我來這裡，其實是冒了很大的危險。（哄堂大笑）

「今天正好趁著這個機會來跟大家談談，為什麼我要反對活膚全面解禁。其實說穿了，就是為了多樣性和隱私權。我聽得出來各位在台下竊竊私語，我想你們一定在說：怎麼可能？完全反了吧？解禁的目的不就是為了更加彈性、更加多樣化嗎？表面上是的，但是事實上人性卻不是如此啊，各位。在這裡各位看看彼此，我們現在的外表長得多麼相像啊！也許是因為盲從，也許因為美的理想型是有普世共同性的，我們在現今法令所能允許的範圍之內，大家選擇塑造的外型就已經如此雷同，如果再更進一步放寬，你們想想看會有多少人長得一模一樣？到時候會有多少冒名頂替的事情發生？事實上自從活膚開始盛行，在活膚高度使用的區域，僞造、冒名、欺騙的犯罪事件數量就一直在直線上升。如果我們再開放活膚的使用，而不加以節制，我們等於是讓現實生活全面匿名化了。而匿名化的結果，對某些人來說，就是可以爲所欲爲。

「如果人類可以任性地想做什麼就做什麼，而可以不計後果，這個世界會變成一個什麼樣的社會呢？今天我們已經來到了一個這樣的臨界點。我們躲在活膚後面，嘗試扮演著不像自己的完美人類。我們讓我們的生物本能引導我們的行爲。我們個個都是俊男美女。公開交際的場合，費洛蒙四射，私下的場合更是不在話下。不知道你們知不知道自從活膚面世以來，某些區域的生育率已經降低了五成？你們可以猜猜看是什麼樣的區域。而這還是在我們的活膚尚可以讓我們區分彼此的情況。如果我們全面放寬了，這個世界會變成怎麼樣？」

總統頓了一下，繼續說道：「其實我們都已經知道答案了。一個每個人都可以隨時隨地改變自己外觀的世界，就像一個實體化的超級互聯網。我還是相信人類有十分美好善良的一面，但是這一面要靠設計良好的社會制度來維持、鼓勵。看看互聯網的匿名社群裡，語言暴力是如何被輕易地引發？而一個匿名的活膚社會，我們要付出的代價，很有可能就是無處不在的、各種形式的暴力。當然包含肢體的暴力。整個社會就會變成一個超大型的線上戰鬥遊戲。而其實這已經在悄悄地發生當中。如果全面開放，我們勢必要有更進一步的管制措施，而其結果，就是要犧牲我們所有人的隱私權：當我們無法從外觀區分任何人的時候，我們只好把所有人都電子標籤化，讓所有人的行為都無所遁形。這就是為什麼我一開始說，不過度開放是為了保護隱私權。

「但是我們追求完美的慾望呢？你可能會問。這樣的追求難道就要這樣一直被扼殺下去嗎？有一個好消息是：那倒未必。說到這個，我們大家應該要感謝今天的東道主完美活膚企業，就是因為他們，我們才能看到另外一條道路的存在。」

現場一陣困惑的私語聲，不少眼光投向活膚企業的高層這邊，但是包含所長在內的所有人也是一臉困惑。

「大家都知道完美活膚企業最主要的產品就是大家身上的這身活膚。而活膚之所以能夠獲得這樣的大成功，就我個人來看，不僅僅是因為對外它能塑造的形象，更因為對內它的存在感，或者說不存在感。因為它近乎完美的人工觸覺，可以將外部的觸感完全傳導，讓人有赤裸裸接觸外界的感覺，才能讓其使用體驗近乎完美，而讓我們幾乎以為外面這一層活膚就是自己天生的肌膚。」

聽到這裡，Z一心裡突然感到莫名的驕傲，對總統的好感又加深了一成。

「但是大家不要忘了，人工觸覺除了在活膚之外，還有另一個很重要的應用。那就是虛擬實境的應用。虛擬實境中的視覺跟聽覺在非常早之前就可以使用眼鏡及耳機模擬出來。而且其實現的方式並不須要直接刺激視神經或聽神經，就可以讓人覺得非常逼真。觸覺卻是完全不同的挑戰。而在活膚出現之前，全面性的觸覺模擬技術開發都是以失敗收場。除此之外，活膚上的內建隱形眼鏡、耳擴還可以更進一步地增強虛擬實境的真實度……嘿，怎麼回事？」

現場突然陷入一片漆黑。有一小段時間鴉雀無聲，空氣中傳來規律的機械聲。突然眼前一亮，有人開始尖叫，那亮光是從上方斜射下來的，似乎是許多手電筒所發出的光束，少說也有十幾二十支。從光線的移動來看，持手電筒者正在快速下降，而所有光束都準確地集中在一個點上——總統臉上帶著驚訝的表情，沐浴在這片強光中……

Z一悲哀地想著，還是來了……但是這樣明顯的布置怎麼能躲過安檢呢？他還不及深思，一陣激烈的槍聲響起。總統在眾目睽睽之下被來自四面八方的機槍掃射，被槍擊成一具蜂窩，鮮血狂噴。Z一閉上雙眼，不忍再看下去。然後很快地，一切就結束了。槍聲停歇，連尖叫聲都停止了。現場一片寂靜，時間似乎也停止了……

21

手電筒的光線都已經熄滅。現場一片黑暗。良久，仍然一片寂靜，沒有人發出任何聲音，似乎是擔心任何的動作都會引來槍手的射擊。那總統的維安人員呢？為什麼他們一點反應都沒有？是貪生怕死？還是怕誤傷群眾？現場的氣氛已經緊繃到快爆發。Z一感到萬分後悔，不該自以為危機已經解除，應該要設法聯絡上總統府，警告他們這個威脅的。但是他太有自信，以為把G娜的問題搞定就沒事了……

雖然已經於事無補，但他用力地回憶那天發生的事，想要搞清楚到底是哪個環節出了問題。那天他率先跳下兔子洞，之後把跌坐在他身上的G娜輕輕地推開站起來，此時他的外觀神奇地變回虛擬世界的俊秀少年。他就著黑暗中的遠方微光，領著G娜往前走。身邊的事物依然是慢動作地在進行，但是兩人的行動不受影響，很快地他們走到亮光處，卻是一扇小門，門外是一片綠地藍天，令人著迷的美景。他們跨出門之後，迎來的是一陣暈眩，應該是因為突然間身邊的種種事物都快速地運作起來，甚至遠快於正常的速度，連天上的太陽都很明顯地在快速移動。

「這樣子白天才只有一個小時吧？」G娜望著天空好一會兒才說道。

「嗯，差不多。妳還是一樣觀察力敏銳呢。」Z一點頭說道。

「這是什麼地方呢？」G娜好奇地問道。

「妳覺得呢？」Z一微笑著鼓勵她猜猜看。

在這片綠地之後是一大片森林，G娜往森林的方向走去，Z一慢慢地跟在後頭。他們一前一後走進了森林，G娜才了解到這片森林有多大，一時半刻也走不出去。不過頭上的森林遮住了快轉的天空，也降低了方才的暈眩感。其實稍加留意，就會注意到陰暗的森林也是快速地在變化中，只是比較不容易察覺罷了。

G娜回過頭來，對著Z一笑笑道：「我猜我們還是在莊園世界裡吧？這一大片森林應該就是高塔西方的那一座吧？我知道那片森林要走幾天的路才能穿越。感覺就跟這裡一樣……」

「很聰明的推論。」Z一續問道：「但是這裡跟莊園世界有什麼不一樣嗎？」

「當然有啊！時間的流速顯然不一樣。這邊的時間過得快很多，」G娜嗔道：「所以學長你之前根本都在騙人，你明明已經知道怎樣可以控制時間了！」

「什麼？」Z一失笑道：「沒有想到妳會跳躍出這樣的結論，但是不對哦：第一，我並不知道怎樣控制時間。第二，這裡的時間其實過得比較慢，不只比我的世界的時間慢，比莊園世界的時間更加慢上許多。」

「怎麼會？」G娜困惑道：「明明時間過得就是比較快。你看，太陽都快下山了！」

「妳這樣說也沒有錯，太陽跟其他的一些事物確實有比較快的時間流速。但是它們其實不在這裡而是在莊園世界。在這裡的，精確地說，只有妳、我和其他兩個人。」

「學長你愈說我愈糊塗了。就算太陽太遠了不算，這一大片森林不就是跟我們一起在這裡嗎？」

「那只是假象。」

「吼，學長你不要再故弄玄虛了，那眞相是什麼啦？」G娜惱怒道。

「眞相就是，」Z一戲劇性地說道：「我們並不在莊園世界裡。事實上，我們是在我的家裡。」

「什麼？」G娜困惑道：「這不是一個冷笑話吧？就算學長眞的是身處在自己家中的眞實人類，留在那邊的小蘋果身體，並不是我啊。」

不知道爲什麼，Z一覺得小蘋果不是她的這個說法很是傷人，但是他鎮定地回答道：「我是說這個世界，」Z一指著他們四周：「它們不是在研究所的莊園世界伺服器裡面。它們是在我家書房裡的伺服器裡……」

「那是什麼意思？而且你說再見B利一面，那又是怎麼一回事？」

「簡單地說，剛才的兔子洞，就是連結莊園世界跟我的，呃，書房世界的祕密通道。因爲我的伺服器的能力比起研究所的伺服器實在差太多了，所以妳有沒有注意到兔子洞裡的事物都很慢？」

「有啊！但是我也發現出了兔子洞，一切又變得很快。這樣子不是很矛盾嗎？」

「看起來像是這樣，」Z一攤攤手：「但是那只是表面上的假象……」

G娜不耐煩地打斷他，說道：「學長，你一直說假象假象的，我完全不懂那是什麼意思，而且你還是沒回答我B利的問題啊。」

被G娜打斷說話，對Z一來說還是頭一遭，錯愕之餘，他按捺下脾氣，繼續說道：「還記得我展示關於記憶是怎麼形成的嗎？」

「當然還記得。」G娜似乎發覺了自己的情急行爲有些不妥，輕聲回答道：「人家的小貓怪杯杯差點就沒了。」語氣中還是有些不滿。

「早先我的目的是在我的書房伺服器上構建出莊園世界的環境，但是我的伺服器實在太慢了，根本不可能做到。後來我想到一個辦法，就是在莊園世界裡打開一道後門，然後只是把莊園世界的表象投射過來，這樣就不需要太多的運算能力。但是因爲兩邊的計算能力實在差太多了，在這邊見到的莊園表象就變成妳看到的快轉現象。」Z一指著上方的森林說道。

「爲什麼要做這麼麻煩的事呢？」

「爲了讓B利跟妳可以繼續生活在熟悉的環境裡啊。雖然最外面的那一層快轉得很嚴重，但是進到裡面，」Z一指著森林深處：「速度就會變正常了，因爲那邊就完全是由我的伺服器控管的了。」

G娜這次忍住沒有打斷Z一，等他說完才問道：「B利跟我？學長你到底在說什麼啊？」

「跟我來，」Z一招招手，一面領著G娜往林中走去，一面說道：「當初所長要我在妳跟B利之間選擇一個的時候，我想了很久，後來我做了一個決定，不論最後我選擇誰，我都要偷偷地把妳跟B利備份起來……」

「學長等一下，當初不就是因爲資源不夠才必須在B利跟我之間選擇一個留下的嗎？學長的伺服器怎麼可能比研究所的資源還多，多到可以備份我們兩人？我是說，假設我們兩人眞的是人工智慧的話。」G娜最後又補上一句。Z一不覺莞爾。

「說得沒錯，我的小小伺服器是沒有足夠的資源，這也是爲什麼我須要連結回去莊園世界的另外一個理由，因爲這樣，B利和妳的記憶都可以繼續依附在莊園世界上，而不用使用到我書房伺服器的資源……」

「太厲害了！」G娜忍不住叫道。Z一聽了輕飄飄的，也不禁得意起來。

「不對！」G娜又突然說道：「如果只是記憶，而記憶如果像學長說的都是依附在莊園世界本身的話，那一開始怎麼會有資源不足的問題？」

G娜發現前方森林開始變得明亮，而且森林的動作也放慢了下來。她看見Z一點點頭，嘉許道：「問得很好，而且妳是對的，記憶的部分對我的小小伺服器是個問題，但是對莊園世界則完全不是問題。眞正欠缺的資源，是大量從網路上用來訓練你們的智慧所需要的資料。那些資料，我的這個小小世界是沒辦法提供的，也就是說……」

前方出現了一片寬廣的空地。空地正中央豎立著一棟精美的洋房，洋房的樣式會讓人誤以爲它是莊園高塔的一部分。好像有人把它從莊園高塔裡切出來，搬到了這裡一樣。G娜意會到這棟洋房的規模某個程度反映出了書房伺服器的能力極限。G娜也明白了在洋房裡面等待著他們的是什麼……

「你剛才說，這裡除了我們，只有兩個人是吧？」G娜說話的聲音有些顫抖：「他們現在是多大年紀？」

Z一的手輕輕地搭上她的肩頭。G娜不再顫抖。Z一在她耳邊輕聲說道：「妳還記不記得B利離開我們的時候是什麼年紀呢？」

G娜決定自己來找出答案。她走上門前的台階，輕輕地敲了敲門……

22

黑暗之中，有人輕咳一聲。Z一嚇了一大跳，從沉思之中醒過來。那個人輕聲說了一句：「各位，」然後Z一感覺到黑暗中的眾人全部騷動了起來。那聲音繼續說道：「很抱歉驚嚇到大家了，但是要這樣做大家才能眞正有所感受。」

感受什麼？Z一直覺覺得這個聲音他聽過，但是又覺得有強烈的違和感，一定有哪裡不對。

那人又說道：「等一下燈光就會恢復，請大家不要驚慌，也不要有突然的舉動，各位馬上會明白沒有任何危險。」

Z一知道爲什麼他會有很強烈的違和感了。那是因爲他的腦袋還一直處於否認狀態；他的腦袋告訴他不可能是這個人在說話。

這時燈光一亮，Z一突然覺得一陣盲目。等他可以適應光線時，前方講台上挺立的，果然是應該已經死去的總統，但是他身上一片潔淨，既無鮮血，也無彈痕。現場一片譁然。總統帶著一抹歉意的微笑，擺手示意大家安靜，然後又繼續說道：「我想很多人會覺得這個玩笑開得太過頭了。如果是我的話，我也會這麼覺得。前提是，如果這只是一個玩笑的話。」現場又是一陣騷動。Z一四處張望了一下，發現除了總統毫髮無損之外，現場也完全沒有刺客的蹤跡。是在黑暗中撤退了嗎？但是剛才現場一點聲息都沒有……

總統又揮手示意大家安靜，才繼續說道：「今天這個展示的目的，是要告訴大家，我們日常生活中的眞實，其實可以有不同的呈現方式。並不一定要靠更加開放的活膚政策來實現。而這，其實還是一樣要歸功於活膚企業的先進技術。」

Z一轉頭看著所長的方向，感覺所長的表情跟眾人一般困惑，甚至猶有過之。在眾人疑惑私語聲中，總統繼續說道：「早先在各位進來這個大廳之前，大家是不是都經過了嚴格的安檢？其實在安檢的過程中，我們的工作人員私下調整了一下各位身上的活膚。我看到有些人看著我們尊敬的所長。請大家不要誤會，今天的事情，我相信他與各位一樣困惑。事實上我們也必須向活膚企業致上我們的歉意，不只是因爲今天這樣的調整沒有經過此間主人的同意，更加是因爲我們做的調整是政府特務單位對活膚企業的技術多年來逆向工程的結果，在這之前並未和活膚企業討論過。」

總統臉上的得意之情卻似乎高於歉意：「無論如何，稍早之前我們做的調整，讓各位可以在這大廳之內僅僅使用既有的活膚，就可以經歷方才那樣逼眞的擴增實境。這是一個很重大的突破。未來如果立法機構同意的話，我們可以在城市裡的指定區域設置這樣的擴增實境，在這些區域裡面，所有人都可以自由地選擇改變自己的虛擬樣貌。」說著說著總統的臉型開始改變，身高也稍微縮小，突然之間站在台上的，居然變成研究所的所長。

前排的人看著台上的假所長又看看台下的所長，現場是一片讚歎聲。Z一也回過頭去看所長，他直直地望著台上，臉上沒有表情，看不出一點情緒。

總統接著說道：「這樣的做法跟全面開放活膚最大的不同在於：穿上活膚帶來的改變，在認知上已經被我們的社會認同爲個人外貌的改變。活膚外面的這層皮相是我們個人所有，也代表我們自己。因此當我們選擇改變成爲跟所有人相同的這樣的外貌時，在無法識別的情況下，我們就變成了相同的人。這樣的社會是無法運作的。而我們在這裡提議的，是一種完全不同的方案。你還是可以選擇成爲最完美的俊男美女，也可以成爲相同皮相的眾生之一，但是這只能在特定的場域存在。離開了這個場域，你還是獨特的你。而即使在這個獨特場域之中，如果你想回歸眞實，」總統大手一揮，突然就恢復成爲他本人的樣貌：「你隨時都可以做到。這不是比全面開放活膚的限制而面臨社會混亂或侵犯隱私這樣的兩難局面好得多了嗎？」

「這樣子的做法不就像紅燈區一樣了嗎？」觀眾席上有人喊道。

「很敏銳的觀察，」總統微笑道：「你這樣一說，我倒眞的覺得兩者有很大的共同點：兩者都是爲了人類無法抑制的願望，在特定場域之中提供合法性。當然這一切都還要經過立法單位的研究通過才能夠實現。先前提到的另外一個方案仍然是個可能的選項。但是我個人並不認同爲了自由選擇外觀，必須放棄個人隱私這樣的負面做法。說老實話，我認爲在各位身上可以看到基於個人特徵最佳化產生的多樣化的個人美，已經是無法取代的美了。我們眞的不用每個人都要長得像蘋果姐姐。至少我就不用，不是嗎？」

在現場的一片笑聲之中，眾人沒有馬上注意到正在發生的事，等到大家回過神來，事情已經發生了。有幾個人從貴賓席的座位上跳起身，踩上座位的椅背往前衝。但是他們人在半空中，目標明顯，總統的護衛人員很快地舉槍射擊，個個命中目標。奇怪的是中槍的這些人不受影響，繼續向前衝過去。他們的目標似乎反而是總統的護衛們。他們一對一地衝到護衛前面，奪下他們的槍往地上一丟，然後用自己的身體牽制住護衛，不讓他們自由移動。但他們本身也沒有進一步行動。現場群眾經過之前的擴增實境震撼，心裡大半都懷疑這是另外一場演習，沒有人驚呼出聲。只有Z一知道這是按照藍圖上的計畫執行的行動，絕對是場攻擊行動。

在現場一陣困惑之中，有個嬌小人影輕快地躍上了講台，落在落單的總統面前。Z一知道那一定是小蘋果。難道他的計畫眞的失敗了？小蘋果畢竟還是要扮演刺客的角色，成爲史上第一個殺人的人工智慧？

Z一現在看清楚了其他幾個刺客也都是人工智慧，但是很明顯地他們只能限制護衛的行動，不能傷害他們，如果Z一的計畫是成功的，小蘋果也不會有所不同。但是經過前面的一陣混亂，現在Z一一點把握也沒有了。他看到小蘋果往總統逼近。總統倒是非常沉得住氣，冷靜地看著面前的小蘋果……

在書房世界的洋房那扇門在G娜面前開啓之前，她已經知道了她會看見什麼。來應門時活蹦亂跳的那個嬌小身影不就是幾年前的G娜她自己？而在她身後的少年不就是自己魂縈夢牽要再見一面的B利嗎？G娜視線一片模糊，眼淚撲簌簌地直直滴下。看著前面這對少男少女，G娜突然了解到Z一帶她來這裡的目的了。她回過頭看看Z一，懷疑道：「這眞的是可行的嗎？」

Ｚ一帶點哀傷地微笑道：「基本上就是資料交換，沒什麼技術困難。只是如何避過系統的偵測須要花費一些精神。但我之前不是成功地帶他們過來了嗎？沒有問題的。」

「但是記憶呢？我還會記得這幾年的事嗎？」

「妳現在知道在這裡的記憶是怎樣運作的了不是嗎？基本上，妳在那邊的記憶，尤其是對於生命的曲解，跟研究所的陰謀，很不幸地必須跟著妳過來，不能夠留給她……」Ｚ一指著前面乖乖地、好奇地看著兩人的年輕Ｇ娜說道：「其他的部分，我們可以彈性地做調整……」

「那……那個……」Ｇ娜猶豫地問道：「我還會記得學長你嗎？」

「傻瓜，當然會啊，小Ｇ娜也認識我啊。」Ｚ一的聲音突然帶了一點哽咽。

「我、我是說和學長這幾年一起的記憶。我還可以留著它們嗎？」Ｇ娜的聲音也有些走樣……

「這個，我想妳們兩個可以共同決定。但是我覺得為了妳好，最好把那些記憶留在另一邊，妳就放心地跟Ｂ利一起開心地留在這裡生活吧。我一定盡力維持這裡的運作，只是時間過得慢，下次見面我可能就是個老爺爺了吧。哈。」雖然Ｚ一故作幽默，但是眼淚卻不爭氣地汨汨流了下來。他不想讓Ｇ娜看見，假裝在找什麼似地轉過身去。

一陣沉默之後，突然有人從後面抱住了他。他聽到G娜小聲說道：「學長，謝謝你為我做的所有事，還有這一切……我……我不會忘記你的……」

Z一感受到G娜靠在他背上一陣一陣地啜泣。兩人靜默不動良久。直到小G娜靠近他們，小聲地問道客人要不要進來坐坐。Z一揮揮手，要G娜跟兩人進去。他勉強自己擠出一個微笑，說道：「你們先聊聊吧，我一會兒再進去。」

等到他們進到屋內，Z一發了好一會兒呆。然後他搖搖頭，開始在空中劃起手勢。等大小G娜溝通完畢，他的艱苦工作才要開始。如何在不被莊園系統發現的情況下，將兩人交換，還要讓她們兩人可以自由交換部分記憶……他覺得自己很須要回到眞實世界去喝杯咖啡……至少接下來要全神貫注，應該不會再不爭氣地哀傷流淚了吧？他長長地嘆了一口氣，投入工作……

23

在講台上，小蘋果緩緩張開雙臂，似乎是在表達沒有惡意，然後她接近總統，兩人小聲地交談了起來。所有人又是一陣困惑。Ｚ一感覺到附近有一些騷動，他轉向騷動的源頭，發現是來自所長及他周圍的人。Ｚ一心想，他們現在一定知道小蘋果／Ｇ娜出了狀況了。

資料交換完成之後，Ｚ一小心地帶有著小Ｇ娜心智以及大Ｇ娜身分的她穿越兔子洞回到莊園世界。當他們安全地回到森林地之後，Ｚ一花了不少時間向新來的Ｇ娜揭露她本身是人工智慧的這個事實。這時的Ｇ娜已經完全可以接受，因爲先前跟大Ｇ娜交換身分記憶的這個令人震驚的經驗，已經足以讓她深信不疑。Ｚ一認爲研究所這邊就算發現了Ｇ娜的改變，也無法再重新灌輸她有關眞實世界的謊言。但是更重要的是要建立一道防線，不論是虛擬或眞實，生命權都要被尊重。現在看起來，他的策略應該是奏效了。這樣一來，所長方面應該是沒轍了吧？那爲什麼所長臉上又恢復了冷靜，而且還不懷好意地看著他這邊呢？

突然之間，Ｚ一站起身來，向上一躍而起，直接跳過前面兩排的觀眾，落在講台前。眼前正好是被箝制住的維安人員。Ｚ一望著對方不安的眼神，一面蹲下身去撿起對方掉在地上的手槍。這樣一來，不只對方的表情化爲驚恐，Ｚ一心裡也是驚駭不已。因爲從剛剛站立開始，一直到現在，他的所有一切動作都不是他的意志所指揮控制的。他要用非常大的力氣才能強迫自己鎭定下來，卻始終沉溺在身體不受控制的恐慌之中。Ｚ一想起Ｇ娜對ＲＬ一號的評語，難道到頭來，他也是人工智慧，而且是可以被操控的人工智慧？這個人工智慧現在顯然要接續小蘋果未完成的工作。也許從頭到尾的演練，爲的就是這一刻——Ｚ一雙手握槍，瞄準總統的頭部，在所有人都還沒反應過來之前，他扣下了扳機！

所有維安人員都被ＡＩ箝制，講台上除了總統就只有小蘋果了。這次總統還是在劫難逃了吧？Ｚ一心裡的驚恐化爲巨大的憤怒與哀傷。在這一刻，他幾乎可以發誓子彈是慢動作地在射向總統。

然而就在這時，背對著觀眾的小蘋果好像背上長了眼睛似地往側邊跳起，居然不偏不倚地用她的背部接了這發子彈，並且順勢將總統撲倒在地，然後就一動也不動了。Ｚ一心裡焦急地想上前去察看小蘋果的情況，但是身體卻不聽使喚地又開了很多槍。

還好總統已經安全躲到講台後方，並沒有中彈。Ｚ一強迫自己鎮定下來，才察覺到他的身體其實還是可以自主，控制他行動的卻是他身上這一件軍用活膚。難道……給他這一身裝備是早就已經預謀好的？就是爲了今天的重大圖謀？這是主要計畫還是備案呢？答案似乎並不重要了。Ｚ一現在也才了解爲什麼活膚會連結回到莊園世界的虛擬美女身上：他以爲是他在控制莊園裡的人形，眞相卻是莊園裡的那個美女ＡＩ在控制著他的軍用活膚！不行！這樣下去太危險了。Ｚ一開始再次駭進活膚系統，他一定要拿回主控權。當他全神貫注在破解系統時，他沒有注意到周圍又起了一陣騷動，直到一個熟悉的聲音說道：「放下你的武器，年輕人！」

Ｚ一驚訝地把視覺切回現場，發現禿頭的老警探就在身邊，手上高舉的警槍精準地瞄準著Ｚ一的頭。他們會不會來得太慢又太巧了點呢？除了老警探，大批警力也進入現場。ＡＩ們都已經被制伏。但是Ｚ一仍然雙手握槍，瞄準總統躲避著的講台。

Ｚ一急忙叫道：「慢、慢著！我沒有惡意！我投降！」

老警探喝道：「那就放下你手上的武器！」

Ｚ一心裡叫苦。他試著要放下手槍，但是活膚還是完全不聽指揮。他把內部視覺重疊上來，繼續破解，試圖拿回主導權。但是老警探不給他時間，大聲說道：「我數到三！如果你再不放下武器，我就要就地執法了！」

Ｚ一此時再無懷疑老警探也是所長共謀。現在塑造出的這個情境，就是要名正言順地殺他滅口。他深深地吸了一口氣，加速破解的工作。

這邊老警探開始計數：「一……」

Ｚ一腦筋飛快轉動，他看到活膚系統有機會可以破解的漏洞了，他心想。但是在接下來兩聲之內？不可能！可是總要試到最後一刻吧？他眼角餘光看見老警探嘴角似乎帶點笑意，這讓他心裡非常不爽。自己居然要在這種人的嘲弄之下死去！

這時突然從講台方向飛過來一道黑影，停留在老警探跟他之間。Ｚ一停下手邊工作，淡化內部視覺。眼前張開雙臂、擋住槍口的不是別人，正是小蘋果。她沒事，太好了！Ｚ一心裡想道。

小蘋果對著老警探厲聲道：「住手！這是演習！不要傷到人了！」

老警探卻也不甘示弱，回道：「什麼演習？這個人嘗試要槍殺總統呢！」

「是嗎？」小蘋果冷冷地說道：「你親眼看見了嗎？」

「我……」老警探一時語塞，才想起他當時還沒進來現場，應該不會看到。

小蘋果回頭跟群眾說道：「各位來賓，非常抱歉今天給大家帶來這麼多的驚嚇。剛剛的演習，其實是我方的回禮，用來展示仿眞的ＡＩ如何能成爲最好的保全人員。」

老警探露出憤怒的神色，不理解小蘋果爲何要這樣說。小蘋果不理會他，她大方地展示背上被Ｚ一的槍打中的嚴重傷口，仍然小心護著忙得焦頭爛額的Ｚ一，繼續說道：「大家應該可以猜得到我就是那個扮演維安人員的仿眞ＡＩ。」但還是有不少人發出驚歎聲。小蘋果說道：「當然在目前的法令下，我是不能合法地公開運作的。但是我們現在是在活膚企業總部。在這場合做研究成果發表，應該是合宜的。至少比起更前面的演習，我們更不會有合法性的問題吧？」她望了望總統躲藏的方向，回頭繼續說道：「希望今天的展示可以讓大家更了解到在當今法令的限制下，我們其實失去了什麼樣的創意與機會。如果剛剛發生的眞是一場刺殺行動，在既有限制下，像我這樣的ＡＩ是無法被用來保護總統安全的。總統可能會因此受到嚴重傷害。經過今天的演習，再考慮今天這樣的情況以及其他種種的可能性，我們希望政府方可以重新審視法規，不要忽視了高仿眞ＡＩ正面用途的可能性。」

這卻是做球給活膚企業了。檯面上雙方的爭議似乎是在活臉限制的開放，但是檯面下眞正的攻防卻是在ＡＩ用途的開放，尤其是軍事用途。如果政府方眞的可以重新考慮，敵對陣營似乎也不再有非殺他不可的理由。這樣一來，雙贏的局面也露出了一線曙光。這時在一旁的老警探已經不再舉槍，站到了一邊。小蘋果正要再說下去，旁邊的Ｚ一突然有了動靜。他放掉手上的槍，雙手高舉，做出投降的動作。一旁的警察馬上過來壓制住他。

小蘋果知道威脅已經解除，她轉身面對群眾說道：「爲了讓這個技術能夠更加造福人類，活膚企業打算將這個仿眞人工智慧的原型，也就是我，捐獻給政府，並公開技術細節，讓政府沒有安全性的後顧之憂。這次政府特務單位就不用再費心破解了。」

現場一片譁然中夾雜著零星的笑聲。Ｚ一看見所長眼中幾乎要噴出火來了。但是他應該也了解到這是今天最好的下台階了。相較於刺殺總統的叛亂加一級謀殺罪，這已經是很小的損失了。

總統也從躲藏處出來，他回到講台，示意小蘋果上台跟他站在一起。他說道：「今天眞是精采刺激的一天。而且也驗證了我最早先說的，我是冒著生命危險來的。」他面帶微笑，卻狠狠地瞪了所長一眼。

在眾人笑聲中，他繼續說道：「我本人要感謝活膚企業用這麼令人震撼的方式送上這份大禮。我想這也是因爲我們用了一樣令人震撼的方式來呈現政府的解決方案，算是咎由自取吧？（笑）現在兩個很有意義的方案同時在這兒公開。而就我來看，它們並不互相衝突，甚至某種程度可以相輔相成。我相信接下來政府跟活膚企業之間很有機會可以更加緊密合作，共同創造對全人類最有利的技術與方案。現在，我想大家也累了，就不再佔用大家的時間了。祝大家有個平安的夜晚。」

他還刻意強調「平安」兩個字，又引來一陣笑聲。

在眾人如雷掌聲中，Z一陷入沉思。他不得不佩服小蘋果的智慧。把自己交到政府手中，等於是給自己一個保護傘，不用擔心所長會再訓練她去殺人，更不用擔心經費問題或者對方找別的藉口把她停掉滅口。但是這也表示該說再見了吧？Z一想起在書房伺服器裡慢速生活的G娜跟B利，心裡還是不免哀傷。然後接下來所長要怎麼修理他，都還是未定之數。而且他在破解軍用活膚的過程中還發現一個怪現象。不過Z一心想，管他的，大不了再另外找一份工作就是了。但是這樣如何可以維持書房伺服器跟莊園之間的祕密通道呢？真是傷腦筋。不管怎樣，至少今天的重大危機已經解除。明天的事，明天再說吧。

警察已經撤離，對Z一也沒有進一步的行動。Z一遠遠看著被眾人簇擁的小蘋果。有很長一段時間，她將會是所有人目光的焦點吧？Z一在心裡輕輕地向她告別，自己一個人默默地離開了現場……

24

Ｚ一不自覺地又走到這個角落。不過這次並不是軍用活膚帶著他過來的。那件活膚因爲其危險性已經被要求繳回調查。當然現在地上已經沒有假警察屍體，天上也沒有空降的戰鬥美女。

事件已經過去了幾個禮拜。活膚企業並沒有人被起訴，Ｚ一也沒有丟掉工作。事實上小蘋果從研究所轉移到國防部的工作也還是需要他的協助。過程中，小蘋果跟國防部要求了更多計算能力及資源來讓Ｚ一書房中的兩人遷移過去，不過還是只足夠慢速運作。至少Ｚ一不用擔心兩人的安危，而國防部也多了兩個備用ＡＩ，也算是雙贏的局面吧。遷移過去之後，就該正式告別了。國防部的網路接下來就不是他可以合法進入的了。研究所方面顯然跟政府開始有不少交涉，會議一直不斷。Ｚ一並沒有被要求或受邀去參加任何一場會議。他在活膚企業接下來的命運也已經決定了吧？Ｚ一當然覺得遺憾，但是那三個人目前平安無事才是最重要的吧。

在這之後，Ｚ一已經有一個禮拜沒有見過小蘋果了。也許以後也不再有機會見面了吧？大概就是懷著這種惆悵的心情，Ｚ一才會又不知不覺地走到這裡。除此之外還有一件事一直掛在他的心裡，困擾著他：當他嘗試駭進軍用活膚系統的時候，他發現一件事情：從頭到尾軍用活膚都在莊園世界的監控及掌控之下，也就是說政府的維安人員並未掌控到它的視聽系統。那麼他當時又是怎麼看見總統的模擬槍殺過程的呢？在交還軍用活膚之前，他還認真仔細地檢查確認過。他心裡深處有個不祥的聲音在問：如果他在正常視覺之下就可以看見虛擬實境，那代表著什麼意義呢？

這時小巷裡的系統突然又來警告空中有掉落物，只是落點是在他身後安全距離之外……

他不相信這又是一個巧合，卻又制止自己回頭去看看後面掉下來的是否又是那熟悉的身影。

腳步聲猶豫地接近，然後在他正後方停止。來人沒有說話。

Ｚ一還是沒有回頭，但是搭話道：「小Ｇ娜，是妳吧？」

後面的小Ｇ娜哀怨地說道：「我就知道你心裡只有她。」

Ｚ一仍然沒有回頭。好不容易可以比較不想起她，他很怕再看見相同外表的另一個她會壞了這一切。他柔聲回答道：「對不起小Ｇ娜，也許對妳來說，我們分開沒有多久，但是我們其實已經有好幾年沒見面了。我也很開心知道妳平平安安的。不過不怕妳笑話，我心裡總是記掛著小蘋果多一些。」

「你是說『大G娜』吧？」小G娜的語氣突然變得有點急切。

「都一樣啦，她們畢竟是同一個人。」

「不一樣，不一樣。」小G娜堅持道：「和你好的是小蘋果，大G娜是和B利好的。」

聽到這個，Z一不開心地回答道：「就算我喜歡小蘋果又怎麼樣？她是G娜扮演的角色，又不是眞的人。」

「那G娜就是眞的人囉？」

Z一一時語塞，才又回答說：「吼，妳不懂啦。妳不要理會我啦。」

「爲什麼不要我理你？你不是喜歡小蘋果嗎？還是你是騙人的？」

Z一被這樣追問得有點煩了，大聲說道：「我就是喜歡小蘋果！那又怎樣？」

突然間Z一感覺到一個有點熟悉的柔軟身軀從後面輕輕抱住他，細聲說道：「這樣人家會很開心啊。」

「什、什麼？」

Ｚ一這下糊塗了，想回過頭，小Ｇ娜卻抱得更緊，在他背後說道：「當時在書房世界裡，小法鬥你不是要求除了曲解的生命觀跟研究所的陰謀相關記憶要留在那邊之外，其他的記憶由我們自己決定嗎？我們討論了很久以後，Ｇ娜覺得小蘋果受的戰鬥訓練能力須要跟著我過來，才能在適當的時機保護你。同時，她決定要保留Ｇ娜所有的記憶，所以最簡單的分割方法就是她得到全部的Ｇ娜，而我就是全部的小蘋果，百分之百啦。」

「什麼!?」Ｚ一突然滿臉通紅：「那妳剛剛還騙我說了那些話？」

「喔，別害臊了啦，你的脖子都紅了，害人家也都害羞了起來。」小蘋果回道。

「妳、妳……」Ｚ一掙扎著說道：「妳這樣說話像是在害羞嗎？」

小蘋果放開手，嗔道：「吼，那要怎樣說才像啦！」

兩個人面紅耳赤地望著對方，過一會兒，突然一起捧腹大笑了起來。Ｚ一笑到肚子痛，乾脆就躺到地上。小蘋果也躺到他身邊，頭靠在他肩膀上。笑聲停歇。兩人靜靜地望著上方，窄巷的兩方高牆切割出一條狹窄的天空。那上面應該就是當初的假人警察掉下來的地方。

好一會兒之後，小蘋果打破沉默，有感而發地問道：「小法鬥，我們會從此過著幸福快樂的日子嗎？」

Ｚ一不覺莞爾，不知道要怎麼回答，沒想到小蘋果接著說：「然後生一大堆很可愛很可愛的子子孫孫嗎？」

害Ｚ一差點被沒法向上噴出來的口水嗆到。這個小蘋果是在想什麼啊？還生小孩咧。然後他的思緒突然接續之前，想到他可以用肉眼看到虛擬實境的原因，很有可能正是因爲他的世界本身根本就是一個虛擬世界。果眞如此，那什麼事情都有可能會發生的……

突然之間，Ｚ一開始覺得如果最後證明這裡，包含眼前這一小片藍天都只是虛擬的，而他自己則是這虛擬世界中的人工智慧，這一種可能性似乎也不再那麼令人難以接受了……

想著想著突然回過神，他才注意到小蘋果用調侃的眼神似笑非笑地看著他。然後他又臉紅了。

〈如膚之深〉完

附錄 1

生死簿

原本是想寫一篇短文來解釋〈如膚之深〉裡一些關於靈魂與生死的觀念，後來覺得還是可以用小說的形式來呈現。然後一個完整的故事就這樣長了出來。希望之後不必再寫一個故事來詮釋這個故事。

10

這個教堂比我去過的任何教堂都還要高大雄偉。它最引人注目的地方，卻是在那四處可見的巨型雕像。例如在上帝聖像旁邊的那座持劍天使像。他翅膀大張如同鳥翼，符合一般人對天使的印象，但他臉上的鳥喙，卻使得他看起來像是佛教的迦樓羅王，而他頭上的羽冠又讓人聯想起雷神索爾或者信使墨丘里。他右手持著長劍，也是切合大天使的一般形象，但他左手拿著的那把，肯定是索爾的雷神之錘。不知道教堂的創作者爲什麼會把這些不同的宗教元素混同在一起。更有甚者，這大天使像就像懸浮在空中一般，幾乎沒有什麼支撐。我因沉迷於這些雕像的細節而忽視了台上傳道者的言語，回神過來時，只聽得他繼續說道：「……所以罪的源頭在哪裡？爲什麼我們身爲人類這樣的高等生物，內心深處卻時時存在殺戮的衝動？」傳道者身上披著傳統的教士白袍。袍下依稀露出的黑色緊身勁裝卻透露出他在教士角色之外另有其他工作，也許在步下講堂之後，就必須去執行。他繼續問道：「有誰可以回答我這個問題？」

「原罪！」聽眾之中傳出這樣一個聲音：「這就是原罪啊！」

「不！」傳道者斬釘截鐵地回答。但他收卻之前激昂的口吻，語帶溫柔地回應道：「這是對『原罪』的一種誤解。」

他右手大力一揮，牆上一大片空白處出現了幾排大字：

七宗罪（拉丁語：**septem peccata mortalia**；英語：**seven deadly sins**），天主教稱七罪宗，或稱七大罪或七原罪，屬於天主教教義中對人類惡行的分類。歸入這一類別的，能夠直接形成其他不道德的行爲或習慣。現在七宗罪一般指傲慢、貪婪、色慾、嫉妒、暴食、憤怒及怠惰。

傳道者繼續說道：「這是天主教對原罪的看法。除了天主教，其他宗教的看法也大同小異。沒有任何一個宗教的原罪包括殺人的衝動。那爲什麼這樣的罪惡會落在我們身上？」

「詛咒！」又有一個聲音喊道：「一定是詛咒！」

「也許是詛咒。」傳道者點點頭，又說道：「如果這是詛咒，那是誰加在我們身上的？我其實有過同樣的疑問，但是如果所有人都是被詛咒的對象，那還算是一種詛咒嗎？不過我也自問：眞的所有人都受這樣的『詛咒』影響嗎？如果不是，那些未受『詛咒』的人是否就是下咒的人呢？」

聽到這裡，我開始認眞了起來。本來以爲今晚來參加聚會，會聽到的不外是一般的宗教福音，沒想到這裡的群眾竟然在意起這麼深沉的議題。我突然意會到現場靜默了下來。然後傳道者方才的問話才又浮現在我心裡。他問的是：「在場有人是不受殺人衝動困擾的嗎？」

我內心一驚。有一陣子，我覺得他緩移的視線定格在我臉上。當然也有可能是我一時失神而讓他覺得有眼神交會。我馬上移開我的視線，環顧四周。不過周遭的人似乎並沒有特別的反應。

「所以似乎所有的人，或者至少我們教會的姊妹弟兄們都受到一種詛咒而有殺人的衝動。而且據我所知，我們可能眞的會去殺人。因爲這樣的殺人事件一直在我們身邊發生。其中有些凶手還眞的是我們教會的弟兄姊妹。這些姊妹弟兄的下場，不用我再提醒大家……如果這樣的詛咒眞的存在，我們是不是應該去找到它的根源來去除它？否則這樣下去，這個世界將永無寧日……」

「可是牧師，我們如何能夠找到根源啊？」一位婦人舉手發問：「也許這背後緣由仍然是神的神祕行事，是我們凡人無法臆測的啊……」

「夫人，」牧師說道：「我覺得慚愧必須由您來提醒我：上帝的旨意是無法臆度的。我很願意同意您的看法。但是我的內心深處很難相信這個所謂的『詛咒』會是上帝的旨意。在我來看，它反而更像是惡魔的行徑。但是對惡魔，我又了解多少呢？很不幸地，我在過去的聖職工作中，跟惡魔接觸的機會很少。於是我想到了一個人。這個人是有名的中魔者，但是他現在也是上帝的僕人，是虔誠的皈依者……」

牧師伸出手，示意前排的一位先生上前。

「容我介紹諾斯特先生。他的大名，我想大家都耳熟能詳吧？」

在眾人的紛紛議論聲中，一位白髮蒼蒼的老人緩慢但堅定地走上講台。牧師和他用力地握手寒暄一番，就步下了講台，坐到老人前排的座位上，顯然是要把剩下來的時間交給老人了。

那老人雖然一頭白髮，但是精神奕奕，眼神靈敏如年輕人。他一身黑色西裝雖然老舊，卻熨燙平整，顯然是個重視細節的老先生。

他輕輕抬起雙手，要在場群眾安靜下來。他耐心地等到現場鴉雀無聲，才緩緩地說道：「我的名字叫諾斯特。有些人叫我天啓者。」現場出現嗡嗡的回應。諾斯特的語調雖緩，但是中氣十足，蓋過了現場的雜音，字字清晰：「很早很早以前，當我還是個小伙子的時候，我是一個專職作家。我喜歡寫推理小說，因爲推理小說寫的是眞實的世界。我喜歡寫命案，因爲命案的源頭，都是赤裸裸的人際關係。在這樣的推理小說裡，我可以寫出眞實的小人物們的眞實生活。我有時候會想起法國大文豪巴爾札克。想到他的『人間喜劇』寫作計畫。他想要用他的小說把形形色色的人都寫出來。他最後寫了九十七篇，寫出了兩、三千個人物。但是世間人物豈止兩、三千？我覺得巴爾札克的宏願，直到近代才被我輩推理小說家們達成。一個一個命案裡糾結的人際關係，才是人類生命活生生的寫照啊。」

諾斯特似乎注意到聽眾一頭霧水。但我卻對他一開頭就提起他對命案的著迷感到好奇。他輕輕咳了一聲，繼續說道：「當然當時我自己的小說產量並不及巴爾札克這位大文豪，但是也算小有名氣，所以後來才有眼尖的讀者發現我的小說所描述的事件竟然在眞實世界發生了。就如同我剛才提到的，我的小說大部分寫的都是命案啊。當這個現象被廣爲流傳之後，警政單位自然被驚動了，而我當然就被請到警察局去『協助調查』了。雖然警方完全找不出來這些命案跟我有什麼關聯，但是那一段時間，我完全是生活在警方的監控之下，過著幾乎是被軟禁的生活。即使如此，我的創作慾望正盛，我仍舊汲汲寫作，出版了更多推理小說。沒想到這到頭來卻澄清了我的無辜。因爲仍然有新的案件是切合我的新小說內容來發生的。而且不僅僅如此，有讀者發現，除了命案以外，我在小說裡虛構的歷史，居然也在現實世界一一實現。於是我不再是命案的嫌犯，反而搖身一變成爲先知。有人開始稱呼我爲『天啓者』……

「不過那並非我眞正獲得『天啓』的時候。眞正的天啓發生在很久以後。我想是在我消除了心魔之後。方才牧師先生說我是中魔者，他說得其實沒有錯。在被冤枉之後，我心中其實氣忿不已，就記掛著要報復。我故意把那些辦我案件的警察寫進了我的故事裡面，讓他們每一個人都有很悲慘的下場。我希望可以這樣來報復他們對我的冤枉。可是我等了又等，卻沒有聽到任何類似慘劇的新聞。我開始納悶是否警方封鎖了消息。如果眞是如此，他們爲什麼要這樣做呢？然後我突然醒悟到，他們這麼做，只會有一個理由：他們一定知道是我搞的鬼。接下來應該就是要來找我的晦氣了。我開始提心吊膽起來。但是什麼事都沒有發生。直到有一天，有人來敲了我家大門……」

老人停下來喝了一口水。見到大家都屛氣凝神，等著他繼續。他滿意地點點頭，繼續往下說：「來敲門的，並不是警察。如果是的話，我可能下半輩子都要在牢裡度過了。令我吃驚的是，來人竟然是一位神職人員。他也就是本教堂前任牧師達姆先生。

我想在場老一輩的人，都應該記得這位牧師先生吧？我禮貌地請教他，爲什麼我有這個榮幸可以接待他這樣地位崇高的人物呢？結果更令人吃驚的是：他是來跟我討論我的小說的。我說我的小說充滿了各種各樣的謀殺案，似乎不適合他這樣的神職人員閱讀。他開心地笑著同意我的說法。但是他之所以開始閱讀我的小說，其實是因爲我的小說預言了眞實世界的事件，他因此注意到了我的存在。一開始他認爲我是一個預言者。他說這樣的能力者雖然不多見，但是在我們的世界一直是存在的。他甚至認爲這樣的能力，是上帝影響世界運作的方式之一……」

聽到這裡，我開始對這位達姆牧師感到好奇。他似乎對宇宙運行的奧祕有很深的了解。諾斯特繼續說道：「他之所以主動找上門來，卻是因爲他剛剛讀了我最近的著作。他一說完，我一定馬上就臉紅了，因爲我猜得到他讀的是哪幾本書，也猜得出他從書裡讀到了什麼……果然他馬上切入重點，說當他看到眞實世界的警探被寫入我的故事中時，他開始擔心我不只是一位『預言者』，也是一位『詛咒者』……」

當老人提到「詛咒」時，我聽到附近有人倒抽了一口氣，顯然是聯想到了方才的主題。

「達姆牧師告訴我，這個世界除了有『預言者』這樣的人，也有『詛咒者』的存在。

『詛咒者』可以對人事物下咒來改變他/它們的未來。有些『詛咒者』的能力強大到教會不得不出來干預。當他說到『干預』時的那種冷酷眼神，即使我今天想起來，都還會覺得不寒而慄。他說他其實發現了我刻意把一些官方人物寫進了我的新小說裡，還安排了悲慘的結局給他們。這樣的行為，確實是典型的『詛咒者』的行為。他用嚴厲的眼神看著我一會兒，然後語氣轉柔和，說道幸而那些人都沒事……聽他說完，我突然覺得失望透頂，失望我的復仇之計畢竟是無用的。但我內心深處卻也鬆了一口氣。達姆牧師繼續告訴我，說我的詛咒行為雖然對對方無效，但是對自己的心靈卻會長期累積傷害。這是他來找我的原因之一，希望我可以放下。其實當他告訴我詛咒無效的那一瞬間，我突然頓悟到：我雖未成為犯下大錯的『詛咒者』，但是我的狀況確確實實是在『中魔』的狀態了。於是我在那一瞬間就已經放下了仇恨。我向牧師跪了下來，祈求原諒。牧師走近我，摸著我的頭，說道：上帝寬恕你。然後為我祈福……」

台下聽眾忽然異口同聲說了聲：哈利路亞！

諾斯特聽了，露出了微笑，繼續說道：「牧師為我祈福完之後，扶我起來對我說，他沒有看走眼。從我的作品來看，他認為我只是一時被仇恨所矇蔽，並非有心為惡。像我這樣有預言能力體質而未走入邪途，正是最適合的人選。我聽了很糊塗。他為我解釋除了可能是『詛咒者』，有些『預言者』本身也會有『創作者』的體質，是可以被引導訓練出來的。像我這樣本身又是『預言者』，又是小說家，能夠成為『創作者』的機會是相當高的。我這樣說，你們應該還是一頭霧水。當時的我也是如此。於是達姆牧師為我上了一課：所謂『預言者』，很清楚就是能夠預測未來可能發生的事情的能力者。但是預言者不見得都會有可見的預言表現。所有『預言者』其實相當程度是在參與宇宙的運行。要像我這種會把潛意識的心靈活動表現出來，例如經由藝術創作，才比較可能有顯性的預言行為。『詛咒者』呢，則是進一步能夠主動影響未來的能力者。其實所有的『預言者』也都有影響未來的能力，但都是不自覺的，可是『詛咒者』有能力可以自覺地影響未來。這樣的能力如果被用來做惡，會是一件很可怕的事，所以教會必須對他們嚴加控管……

「我自然問起：那『創作者』呢？達姆牧師告訴我，『創作者』是上帝允許人類參與造物的一種恩賜。要了解『創作』這個觀念，首先我們必須了解這個世界並非一成不變的。日復一日，都有更新更好的事物被創造出來。而這些創作，原先都是上帝自己辛苦地在執掌。直到有一天，上帝了解到我們人類之中有極少數人擁有這樣的天賦，因此祂開始允許人類參與這樣的創造工作。教會自然也發現到這樣的現象。於是我們開始尋找有這樣天賦的能力者加以訓練並導入正軌……」

「說謊！」有人喊道：「人類怎麼可能參與上帝的造物！這是可恥的謊言！你應該爲此下地獄！」

另外一個人喊道：「中魔者！你仍舊還是一個中魔者吧！」

群眾開始騷動起來。甚至有一群人開始往講台移動，想要去把諾斯特拉下來。但是諾斯特不爲所動。他大喝一聲，講台前面突然平空出現一整面的文字符號。前面的群眾停了下來。後面的群眾稍微遲疑之後，又開始往前移動，於是前後互相推擠，亂了起來。這時坐在前排的牧師走上講台，回過身來要求大家安靜：「讓他講完！在今晚結束之前，我們還有更多異端邪說要在這裡一一驗證呢！」

群眾喧鬧了一會兒，才心不甘情不願地各自回到座位上。

那面布滿文字符號的無形之牆仍然懸在那裡。諾斯特繼續說道：「空中投影這樣的小技藝，會的人其實應該不少。但是大多數人，包括在座各位，應該不會將之視爲惡魔技藝吧？不過我投出來這些文字，並不是要來嚇唬你們的。這些……」他指著前方的文字，說道：「是世界運行的奧祕之一。只要改變這些祕符，就有可能改變世界上的事物。剛剛有位先生說得也不能算錯。我其實並沒有能力從無到有創造出這些。但是我被賦予了修改它們的能力。你們現在看到的這些咒語，是被用來建構這個教堂的咒語的一部分。說實話這裡面的咒語我絕大部分是看不懂的，所以也不怕你們來看。事實上，單純只看咒語本身，我也看不出來這咒語的對象是教堂、是雕像，還是外面這整座城市。但是眼前這個咒語，我是認識的。因爲當年這座教堂的創建，我是有參與的，所以我知道其中某些符號代表的意義。例如說……」

老人伸手指向一個符號，那一個符號就亮了起來。他用右手做了幾下向上的手勢，那個符號就漸漸地改變了。但是在場群眾原本就不懂符號的意義，也就不了解這樣的改變代表了什麼。一會兒之後，老人不再動作。他伸出手指著一個年輕人。我看他似乎就是方才急著往前衝的爲首數人之一。諾斯特對著年輕人說道：「你可以上前到講台上一下嗎？」

也許是因爲沒有群眾一起，那年輕人此時反而猶豫了起來。諾斯特又說道：「不用擔心，不會有什麼大事的。但是請慢慢向前，動作不要太大。」

年輕人一臉不悅，似乎是覺得自己被看輕了。他下定決心站了起來，一股腦就往台上衝了過去。諾斯特出聲阻止他說：「等一下！」但是已然太遲。那年輕人在要越過咒語之牆時撞上了無形之物，然後因爲速度有點快，他被反彈的力道震回，坐倒在地，一臉駭然。他慢慢地爬起來，走到咒語牆，伸出雙手去摸索，確認了那一面幻影牆居然變成了實體。他呆立原地，一時說不出話來。

這時，他聽得諾斯特說道：「所以才要你慢慢地走過來啊，年輕人。我剛剛做的，其實只是改變了一個符號。這個符號呢，是掌管了教堂正前方這面大牆的位置。我修改了這個符號，它的作用就是告訴大牆它的實質位置應該是在講台前的這個地方。所以你就過不來了。這樣也好，我可以慢慢說，不受你們的干擾……」諾斯特對年輕人眨眨眼，露出促狹的表情：「當年達姆牧師網羅我來學習的，就是這樣的工作。一旦你能夠找出事物的屬性及它的相對咒語，你就有辦法改變它。但是不知幸或不幸，我們所知的咒語少之又少，大部分都是綁定在像這樣的石材上面，所以我們才有辦法造出這樣雄偉的大教堂。但是達姆牧師賦予我的使命，不僅僅是如此……」

老人停了下來沉思，臉上露出悠然神往的表情。半晌，他才又續道：「這就是達姆牧師令人敬佩的地方。他總是能夠早先一步見人所不能見。那一天，我第一次成功地自己改咒，把一棵大樹移到更肥沃的土壤區。我開心得不能自已，衝到達姆牧師面前告訴他這個好消息。我看得出來他是真心為我感到高興。但是他很快地轉嚴肅，揭露了他真正希望我能參與的大計畫。那天，他是這樣說的：雖然我們並不確定，但是我們認爲萬事萬物都可能有相對應的綁定咒語。如果這是眞的，那麼你認爲人類又如何呢？聽他說到這裡，我感覺到當頭棒喝，下巴幾乎要掉了下來。因爲我猜想得到他接下來要說的是什麼：會不會有人類的屬性是我們可以修改的呢？但是牧師，我爭論道：這是褻瀆神明啊！」

講台下的群眾發出陣陣怒吼。有人大聲咒罵：「褻瀆神明的是你吧？我們敬愛的達姆牧師怎麼可能說出這種話？一定是你這個中魔者捏造事實吧？」

群眾之中又起騷動，但是顯然想起那片無形之牆，就漸漸冷卻下來了。

諾斯特口氣冰冷但中氣十足地蓋過了眾人：「如果你們以爲我的中魔行爲只是把警察的悲劇寫入我的故事裡，那是因爲教會把我的罪惡輕描淡寫掉了。我一會兒就會跟大家分享。你們會聽到如果連這樣的滔天罪惡我都敢承認了，我還有什麼必要去把這個褻瀆的問題轉嫁到可敬的達姆牧師身上？而且你們現在根本就跟我當年一樣，沒有把話聽完。他接下來說的是：如果我們能夠改變人類的屬性，那麼我們是否可以把我們身上的殺人衝動給移除掉呢？」

這下反而是我的下巴要掉了下來。教他們咒語不是要讓他們這樣用的啊！這個該死的牧師也太天才了吧？如果讓他們成功的話，老闆交辦的工作不就全完蛋了？

「你們說，這是不是一個很偉大的想法呢？」諾斯特繼續說道：「但是一直以來我們都只知道無生命體的咒語，我們如何取得人類的咒語來加以修改呢？我問達姆牧師這個問題。他跟我提到一個人……」

這個時候空中的符號漸漸淡去，慢慢地浮現了一張人臉，那張臉有一頭亂髮，半開的眼睛透露出狂亂的神情。這次我身旁所有的人都倒抽一口氣，嘴裡小聲地喊出：詛咒者！似乎是怕空中的那張臉聽到。我環顧四周，看到的都是驚恐的表情。

我回頭仰望那張臉，心裡想著：這個怪物不是應該已經被處理掉了嗎？

02

諾斯特露出一個複雜的笑容，說道：「看來大家都認得出來這位赫赫有名的詛咒者。我大概不用再跟大家複述她的事蹟了吧？當年卡珊下的幾個有名的詛咒害死了不少人。沒能及時阻止她，是教會心中永遠的痛。但是卡珊的特殊之處不只是她的詛咒後果之重大。過去我們所知的詛咒者，都只能夠影響重大的歷史事件，或者造成災難。但是卡珊的詛咒卻可以針對個人，也就是她那罪大惡極的父親。我想了一會兒，就了解了爲什麼達姆牧師要提起她的名字。如果卡珊有能力詛咒一個個人，也許她可以掌握到她父親的符咒呢？假設這是眞的，那她又是從哪裡得到這些祕符的呢？在那個瞬間我同時也理解到牧師希望我做什麼了……」

聽到這裡，我覺得愈來愈不安。一方面我開始理解老闆爲什麼要我來跟這些人攪和在一起了。如果不是這樣，今天我怎麼能在這裡聽到這些聳人聽聞的事呢？那個卡珊的事，其實我也有責任。但是搞出那些事情之後，我們不是把她處理掉了嗎？現在這老先生又是在說什麼啊？

「依教會的看法，卡珊的詛咒能力是在被父親長年虐待的過程中累積激發出來的。卡珊在弄死她父親之後，就不再有任何詛咒的行爲，也乖乖地接受教會的安排，在聖母修道院裡修行，一直都在教會的保護監控之下。不過在紀錄中，我看到她宣稱她的詛咒是受到惡魔的指引。」

這可就是不實的指控了吧？話說這卡珊爲何還活著？是因爲詛咒行爲消失，讓我們忘了她的存在嗎？眞的太輕忽了。

這時空中的那張臉已經淡去。諾斯特繼續說道：「我自然找到了卡珊，想要了解那惡魔到底給了她什麼指引。在修道院修行多年，她臉上早已無暴戾之氣，看來就像個一般和善的老婦人。很難將她和多年前的大災難聯想在一起。當她見到我時，甚至還對我微笑。嗯，當時其實是有紀錄的。這樣吧……」

空中開始又出現了影像，一個婦人的身影開始浮現。如果老人剛才沒有說明，眞的很難把眼前的老婦人跟方才的相片聯想在一起。影像中的婦人開始說話：「其實現在想起來，我已經不再確定那是什麼了。是惡魔嗎？從結果來看，也許眞的可以這樣認定。但是那惡魔也可能是我自己啊。就是一個聲音在我腦海裡對我說話。日日夜夜。它啓發了我的創作力，讓我可以看到物體的屬性咒語，讓我可以修改它們。一開始這還滿有趣的，畢竟我在被爸爸囚禁的日子裡幾乎沒有什麼消遣可言。但是後來就開始不好玩了。那聲音告訴我大災難就要來臨，我應該要幫忙促成，自己才能倖免於難。但是我無動於衷。我被關在這裡，毫無自由，死亡搞不好正是最好的出路呢。但是那聲音很快地就找到了我的弱點。它告訴我爲什麼要自己求死，卻讓爸爸繼續逍遙自在過活呢？我心裡難道沒有怨恨嗎？它無時無刻把爸爸對我的虐待搬出來講，好像我會忘記似的。我當然恨啊！現在想想我當時是恨誰比較多？是爸爸，還是那個魔鬼？可能一樣多吧。

「然後那一大，它給了我一個咒語，讓我可以移動大門，我就可以出門了。但是它不是開門讓我逃跑或享受短暫的自由。它引導或強迫（我不記得我有沒有反抗）我走上大街，忽視路人驚訝的眼神，當我回神，我已經進入了一間很大的美術館。（我有買票進場嗎？）美術館的主建築坐落在一片大花園中。顯然我繞過了主建築，來到了大花園一個人跡罕至的角落。這兒聳立著一扇黑色鑄鐵大門，大門上有著形形色色的各種雕塑。在我看來像是地獄裡的各種形象，但是一旁作品的標示，寫的卻是『天國之門』。那大門的上方寫著『進此門來，知所謂生死』一列大字。當然這只是一個大型雕塑，並非眞正的門。而門後也並沒有任何建築物，仍然是一片小樹林。

「我一點也不驚訝我內心的『惡魔之聲』給了我一個可以打開這大門的咒語。門後是一個寬敞的廳堂。我不由自主地走進門內。適應光線之後，我看到一整排一整排的書架。架上擺滿了密密麻麻的書本。我自動地走到大廳深處的書架前，拿起了一本書。我不用打開它，就知道了這本書就是爸爸的生命之書……」

影像中的婦人停了下來。沉默了一會兒。旁邊有個聲音問道：「那聲音告訴妳代表了妳爸爸身體器官的符咒在書中的位置對不對？」

這顯然是諾斯特在問話，那聲音年輕許多，而且語氣中帶著壓抑的興奮。婦人露出羞愧的表情，語聲顫抖道：「每當我想起那段往事，我自己都覺得恐懼。我知道自己做得太過分了，即使爸爸千錯萬錯，都不該得到那樣的下場。當時我只用到了一個符咒。我做了什麼你應該都知道了。然後他就這樣活生生地餓死了……」

婦人掩面輕輕地啜泣了起來。我當然知道她做了什麼。我一直覺得那很有創意啊，把她爸爸的鼻孔移到肛門口，讓他什麼都吃不下，也不敢吃。這不是很天才嗎？

婦人控制住情緒，繼續說道：「總之，不管那聲音是來自惡魔還是我自己，我都算是出賣了自己的靈魂。這麼多年來，不論怎麼修行、行善，都彌補不了我的罪惡。我不能理解爲什麼在內心深處，我會有這樣嚴重的犯罪衝動。所以一聽到達姆牧師立志要去除人性裡的殺人本惡，我知道我一定得要貢獻我的一份心力，幫忙你到底……」

婦人的影像漸漸淡去。教堂裡一片鴉雀無聲。接著，諾斯特又開始說道：「每當我看見像卡珊這樣幡然悔悟的罪人，看到他們善良的一面，總會更加堅定我對達姆牧師的信心。我們的這個原罪一定是惡魔所爲。而卡珊的例子，更加證明了人類身上也有可以改變的屬性符咒。這是多麼令人興奮的發現啊！有了卡珊的幫忙，我很快地就找到了美術館的地點。我受過訓練的眼睛也很快地就找到了大門的符咒。但是過了這麼多年，卡珊也只大略記得開門符咒所在的位置。我試了很久，才把門打開。符咒這個東西，不是可以任意修改的，其中通常只有極小的部分，代表了物件的屬性。其他的部分，很可能是維持事物運作的符咒，稍有不慎，也許會把對象破壞了……」

空中出現了一個巨大的地獄之門的影像。它不斷地變化，扭曲，變形，長大，縮小，淡化，消失，重現。那代表的，應該就是諾斯特在嘗試破解咒語的過程吧？最後大門恢復到原來的樣子，然後就突然從中打開。那門後應該是樹林的空間，出現的卻是一棟房子的內部。鏡頭慢慢地帶入房子裡面。畫面上可以看到這是一棟十分巨大而擺滿書架的大房子。放眼望去，看不到盡頭。

斯諾特繼續說著他的記憶……

□

進此門來，知所謂生死……我想起大門上的銘文，同時我走到最近的書架，隨便抽出一本書來瀏覽。我有些訝異地發現書中並非只有看不懂的符號，其中有部分是用正常文字書寫的。例如這本書上就寫著：

名稱：約翰史密斯
類型：M型
分身數量：一百
身高：一八〇公分
體重：七十公斤
體型：A種
年齡：三十五
互動程度：未知

已註銷：否

輪迴週期：八十年

這樣的記述內容令人讀來十分不安。不知道這裡面記載的，都是可以改動的符咒嗎？如果我把身高的部分改成兩百公分，這位約翰史密斯先生會突然長高二十公分嗎？那輪迴週期又是什麼意思？難道這本書可以決定史密斯先生的壽命？這樣的想法令我不寒而慄。

除此之外，書本的其他部分，就跟石材的符咒一樣，都是令人無法理解的符碼，我看不到任何關於人體器官的記載。所以卡珊眞的是受到惡魔之音的指引嗎？

這個圖書館到底是什麼樣的地方？難道我們所有人都有一本生死簿被存放在這裡？如果書本被毀壞了，我們會變成什麼樣子呢？會就此死去嗎？那代表我的那本書，也在這裡嗎？我要把它找出來，好好保護嗎？如果我找到它，我要用它來做什麼？我敢修改其中的內容嗎？

我突然理解到達姆牧師其實是知道這個圖書館的存在的。我絕對不是卡珊第一個告知的人。所以我來這裡的使命，絕對不只是來閱讀書本內容……正當我陷入沉思時，附近響起的腳步聲嚇了我一大跳。來的人果然是達姆牧師。他還帶來了一些教會的弟兄。達姆牧師沒有多做解釋，他直接切入重點，問我道：「很驚人是不是？不只是這些書。看看這書架，還有建築本身。到處充滿了符咒……」

他說得沒有錯。我仔細去看了一下，果然到處都有數不清的符咒。難道……難道這是……

達姆牧師點點頭，似乎聽見了我尚未啓齒的問題。我在這個堅毅老人的臉上第一次看到恐懼的眼神。

「但、但是這是褻瀆神明啊！」

他語帶讚賞地說道：「創造者，你學得很快。再追究下去，這確實可能會演變成褻瀆的結果。但是沒有實證之前，我們先把這個想法保留在心裡面吧？對這一切，你的想法如何？我們應該毀掉這一切，或者把它們永遠地封印起來嗎？」

「到最後的話，我想應該是把它封印起來，把大門毀了，永絕後患。」

「所以你認爲破壞了這一切就會毀滅世界，是嗎？我發現我很難相信造物主會造出一個世界，是我們可以像這樣很輕易地毀去的。那樣的毀滅力量應該只有惡魔才可能具有……」

我打斷他說道：「也許我們能夠來到這裡，就是惡魔所為呢？卡珊不是說她是受到惡魔之聲的指引而來的嗎？」

達姆牧師回答道：「我還是覺得主的造物不會這麼粗糙。但是就讓我們暫且這樣認定好了。你剛剛還說：『到最後的話，我想應該是把它封印起來』。這表示那個『最後』到來之前，我們應該要做點什麼的，是嗎？」

「啊，那是……您說得沒有錯。我想我們還是應該先想辦法除去我們的殺人心魔，再來看看如何處置這個天國還是地獄之門吧！」

牧師點點頭，續道：「看來我們的看法是一致的。終究我沒有看錯人。那麼你有什麼想法嗎？」

「我想第一步，我們必須找到跟書本對應的人，接下來才能試著改變人的屬性。但是實驗的風險太大了，即使有志願者，我們也很難下手吧？」

牧師問我有什麼建議，我說也許可以從死囚下手。牧師認為不可，死囚也是人，應該保有自己最後的尊嚴。

「但是牧師，」我接著說道：「很多死囚也是因為莫名其妙的殺人衝動才身繫囹圄的啊，他們一定也想知道這些衝動從何而來。這是他們伏法之前可以再度貢獻社會的絕佳機會啊。」

達姆牧師還是認爲萬萬不可，但卻也無法阻擋我去收編受刑人。我總共找到了三十九位志願者。根據他們的名字，我們找到了數千本書本。（我們尋找很久之後，發現了字母排列的規律。之後我必須很努力才能忍住不去搜尋我自己的那一本書）。這數千本書中應該有代表三十九位志願者的。可是即使範圍大幅縮小，我們還是不知道屬於他們的書是哪些。然後我想起早先關於身高的發想。我想如果把人的身高偷偷加長一公分，當事人應該不會馬上發現吧？於是我先找一位受刑人做實驗，把同名的書本裡的身高依序加一公分之後觀察受刑人。如果沒改變，就減一公分回來，再換一本。這樣子試了十數本書，果然有一本有了作用。這本書應該是那位受刑人的不會錯了吧？之後我們就把三十九本書都找齊了。看著這些書，眾人都忐忑不安了起來。接下來要怎麼辦呢？

□

教堂裡一片沉寂。

「總是可以想到辦法的，」諾斯特也沉默了好久，才不情願地繼續說道：「到現在我還是不清楚我使用的方法是否是唯一的選擇。但是即使今日痛苦地回想，我還是只能想到同一個方法。辦法很簡單，就是去引發受刑人們殺人的衝動。我們把他們放入競技場中，讓他們互相殘殺，同時我們觀察相關書本裡面的變化。但是變化的地方實在太多，無法在一次的決鬥中就找出可能的符咒位置。另一方面，受刑人們在決鬥中被引導出來的殺人衝動之高，在決鬥之後一定會造成一方的死亡。在第一次的實驗之後，我們就被結果震懾住了，不敢繼續下去。反而是受刑人們堅持要繼續實驗，因爲他們希望『死得有價值』。在第一次之後，我們再沒有任何人有勇氣進入競技場看他們的決鬥。我們送兩個人進去，只有一個人出來。有時甚至沒有人出來。在死了二十一個人之後，我們總算有了進展……」

諾斯特停下來，長長地嘆了一口氣：「二十一條人命算在我的頭上啊，比較起來，達姆牧師想要改變我們屬性的想法，算什麼褻瀆神明，哼！總算我們的想法證實是對的。我們把剩下十八人的屬性改變之後，再試著引起他們的殺人衝動，最後找到了最佳的數值。之後，我們完全無法讓他們再互相傷害。懷著強烈的罪惡感，這樣的結果加倍地令人振奮！悲哀的是，我們無法將這個結果公諸於世，也無法證明受刑人們當年是因爲這符咒才犯下殺人罪的。這十年來，無論我們怎麼爲他們奔走，他們還是一一地伏法了。」諾斯特語帶哀傷地說道：「在那之後不久，達姆牧師去世。拉達牧師繼任之後，聽說了我們的故事。他自告奮勇要參與實驗，因爲身爲一個神職人員，心中居然可能有無法扼止的殺人衝動這件事一直讓他很困擾……」

已經回到前排座位的拉達牧師回過頭向眾人點頭示意。諾斯特又道：「拉達牧師接受讓我們改動符咒之後，已經又過了十年。這十年來，他一次也沒有過任何可能演變成殺人衝動的念頭。於是我們覺得可以開始對一般人下咒來去除他們的心魔。同時我們神學院的神學士也很努力地在研究符咒，想要了解它們的奧祕。對，沒有錯，我們還是遲遲無法下決心將天國之門封印起來。這樣子能讓我們一窺造物之祕的機會，眞的令人無法抗拒啊。不過現在想想……」他話鋒一轉：「也許在達姆牧師過世之後，我們就應該遵照他的遺願，把那大門給毀了的。」他長長地嘆了一口氣。

「如果我們的神學士不是這麼優秀的話，我們大概也不會走到今天這個局面。只用了不到三年的時間，他們居然就可以找出咒語的基本法則，可以分得出哪些咒語是用來維持萬物運作的『動咒』，而哪些是代表事物屬性的『靜咒』。又過了三年，神學士們有了更驚人的成就：他們在我面前，只靠操弄咒語就可以複製一塊石頭，兩塊石頭長得一模一樣，分不清楚哪個才是原來的石頭……當然下一步是什麼，應該大家都猜得到了。」

諾斯特帶出最早那一面符咒之牆，把那咒語還原，然後撤掉那面牆。他舉手示意坐在前排的人上台。前排有兩個人一起站了起來。他們兩人步伐一致地走上講台。雖然他們很悠閒地走，卻讓人有軍人踢正步的感覺。我觀察了一會兒才了解爲什麼會有這種感覺，因爲他們的步伐太一致了。等他們上台站定，眾人眼睛一亮。兩人不論是長相、身高打扮都一模一樣，眞的分不清楚誰是誰。我有個不祥的預感。

果然他們一開口就說了：「大家好，我們的名字叫作赫比。我們不是雙胞胎。」說完，現場起了一陣小騷動。部分原因是因爲，他們雖然是兩個人開口，但是聽起來卻像是一個人說話而有雙倍的音量。眾人面面相覷，心裡想的都是同一件事。倒是台上兩人輕鬆地繼續說道：「當然我們也不是三胞胎，或多胞胎，如果大家還有疑問的話……」台下一陣笑聲。

「我是自願參與實驗的。而且我也知道這個實驗可能招致什麼樣的後果。當神學士們第一次複製出石頭的時候，我也在現場。當時我就在想，石頭都可以複製了，那人類爲什麼不能呢？當然那時我也沒有想到他們這樣快就進展到可以複製人類。而且就在團隊裡面徵求自願者。

「我是一個歌手。不過是個不怎麼成功的歌手。我的聲音不夠宏亮，因此一直無法突破到更高的層次。在教會的唱詩班唱歌時，也常常被檢討聲音太小。後來我自願參加了實驗，有部分原因，其實是想要知道如果我跟另一個自己一起合唱，那種感覺會是如何，是否可以突破我的瓶頸。結果竟然比我想像的更加令人滿意。我不知道怎麼解釋。雖然外表看起來，我們像是兩個人，但我常常覺得我還是一個人。而我的兩個身體總是能夠一起動作。不過我漸漸學會讓兩個身體做出不同的行爲。例如兩個身體可以唱不同的聲部。或許在那種時候，我們才能稍微感受到我們是不同的個體？不論如何，這是一個很冒險的實驗。但是以結果來看，我個人覺得相當滿意……」

赫比說完他們的故事之後，看著大家安靜下來，就深深吸了一口氣，唱起了聖歌。一開始，確實是單一宏亮的歌聲，但到後來果然可以區分成兩個聲部。那合聲分分合合最後又歸於一，然後歌曲戛然結束。眾人仍然被那純淨的歌聲所震懾。在一片靜默中，赫比二人向大家深深地一鞠躬，下台回座。許久之後，一聲掌聲響起，然後兩聲、四聲，到如雷掌聲充滿教堂之中。好一會兒，才又恢復平靜。

諾斯特的聲音從靜默中響起：「不知道大家有沒有想到赫比的情況代表著什麼意

義？剛才那些抱怨人類不可能參與造物的先生們，請你們告訴我，你們看到、聽到了什麼？我們不只造了物，我們還造了人哪！」他突然加大音量，嚇到了所有的人：「這才是眞正的褻瀆神明哪！我們眞的很對不起達姆牧師啊！那個地獄之門果然是用來引誘我們進入地獄的！我們，包括達姆牧師自己，都太狂妄自大了。以爲自己可以改變命運，讓人類脫離原罪！你們聽了這麼多，難道沒有想過爲什麼我們不能靜靜把所有人的殺人原罪都移除，然後把大門悄悄地關上就好了，不是嗎？」

雖然這會讓我惹上大麻煩，但是對啊，爲什麼不？我看諾斯特開始有點歇斯底里，果然不愧他「中魔者」的外號。

這時他大聲說道：「就是因爲我們傲慢的心態！我們總是以好奇心爲理由，一再拖延我們關閉地獄之門的時機。但這好奇心，它就是那種自以爲有能力可以了解宇宙一切奧妙的傲慢，不是嗎？現在可好了，赫比的存在證明了什麼，你們大家知道嗎？這件事嚴重到甚至會威脅到教會的存在，以致於我們根本沒有太多精神去管那殺人原罪了啊！

「我們能夠複製出赫比，就證明了我們的世界單純是由符咒所構成的。只要能夠操作符咒，就可以修改、控制，甚至創造這世上的萬事萬物。這個世界就是一個符咒的世界，而地獄之門後的那些符咒之牆，就是我們的這個世界啊！當我們知道這個事實之後，我們同時就意識到：假以時日，當我們能夠解碼所有符咒之時，這個世界將不再有任何我們不能了解的奧祕！這樣的話，我們把造物主擺到什麼位置去了？這個世界可以被符咒所解釋及打造出來，就顯示我們並不需要一個創世紀的造物主了！你們了解事態的嚴重性了嗎？」

「爲什麼？」有個年輕的聲音說道：「造物主不能是個符咒師嗎？」

「假以時日，人類也可以是符咒師啊！我們已經可以把自己跟造物主相提並論了嗎？」諾斯特反唇相譏。

「慢著！」一個老人家站了起來，說道：「這是異端！我們不要被誤導了！我們甚至不知道這樣的符咒是不是眞的存在，就用它來反對全能的上帝，這才是惡魔邪說啊！」

「我衷心希望你說的是事實，而我是一個騙子。這樣子的話，我就昧著良心，偷偷使用這符咒技術來爲自己牟私利就好了。」

諾斯特朝空中丟出一枚金幣，沒想到它在空中就自行複製而最後落在生成的一堆金幣之上！

「當你愈了解什麼是符咒，你愈會知道我們向來視爲奇珍異寶的，跟一堆糞土根本沒什麼差別。一切的事物都可以被複製、被修改，怎麼使用它們都可以！這樣的世界不需要神，就可以行神蹟！但是沒有了神，在這樣的世界裡我們又要如何自處？」

眾人充滿驚奇地看著地上那堆金幣，說不出話來。

「異端！惡魔！」那老人家堅持道。

「我眞受不了你。」諾斯特無奈地對老人說道：「我若眞是惡魔，我大可以躲起來偷偷鍊金，然後一個一個來收買你們。或者今天我站出來行神蹟就可以僞裝先知。我幹嘛給自己找麻煩來告訴你們這麼多事？事實擺在眼前：人類自己就可以行神蹟。人類自己就可以造物造人。我們今天的所做所爲都已經是在瀆神。問題是：神還存在嗎？這才是我們今天想搞清楚的問題！這樣說吧，首先，爲什麼我們不關起門來自己使用符咒？說眞的我還眞的好想這麼做。但是很不幸地，在拉達牧師之後，我們所有參與的人都被移去了殺人符咒，似乎同時我們也失去了作惡的能力……」

眞的是這樣嗎？回去之後要盡快確認才行……

諾斯特右手一揮，那一堆金幣消失了，只剩一枚金幣掉到地上。他把它撿了起來。

「我們大可以整個重新來過：我重新站上來這裡。你們叫我『天啓者』，好吧。我就從善如流，在這裡告訴大家我眞的受到了天啓，我見到了眞神。祂賜予我能力可以行神蹟，所以我給赫比創造了一個分身，幫助他成爲教會的美聲。我可以複製金幣，爲教會創造財富，榮耀主。我還可以像這樣……」

他拿起一個酒杯，倒滿一杯葡萄酒，然後突然之間，所有人手上都拿到了一杯葡萄酒。他舉杯邀請大家一飲而盡，說了聲：「讚美主！」

所有人也跟著喝了酒，然後說了聲：「阿門！」

諾斯特把酒杯摔到地上，但著地前，所有酒杯都一起消失了：「你們大可以用神蹟來理解這一切，不用知道符咒是什麼，不用知道我們是怎樣手沾血腥地創造出這樣的神蹟。但是我沒辦法！我沒辦法假裝不知道我已經知道的。而我已經知道的，已經嚴重威脅到了神的存在……

「當我有能力證明萬物存在的原理時，我們就再不須要用上帝的觀念來解釋造物了。那就表示上帝不存在了嗎？

「當我們知道人類跟其他萬物一樣，都是由符咒生成，而我們可以了解符咒原理的時候，我們是否可以說『靈魂』其實是不存在的？我們所有的思想行爲，不過只是符咒運轉呈現的表象罷了。不是嗎？

「那如果我們的靈魂是不存在的，上帝是否存在還有其重要性嗎？我們就各依本性，及時行樂就好了，還有什麼好說的呢？但是說到回歸本性，我們終究還是不知道我們爲什麼會有想要殺人的本性。既然我們都可以找到符咒，加以根除，那就表示是有人把那符咒放在那裡，不是嗎？那是上帝？還是魔鬼？爲什麼他要這麼做？從這個角度思考，殺人本性也許證明了魔鬼是確實存在的？」諾斯特興奮地說道：「如果我們證明了魔鬼的存在，是否也間接地證明了上帝的存在呢？」

我對於諾斯特今晚這長篇大論的意圖，感到更加不安了。也許我應該及早離開。但是我更好奇他想要把這個話題帶到哪裡……

「你們已經知道我們在悄悄地改變符咒來移除殺人原罪。但是不知道爲什麼，有些人之後仍然犯下了殺人的過錯。一開始我們百思不解，直到後來我們再回去檢視他們的符咒，才發現它們又被修改回去了。到底是誰？又爲了什麼要這麼做？」

這才是我應該要問的問題吧？明明就輪到這些人出手殺人了，怎麼什麼事都沒有發生。我們都以爲是小鬼們疏漏了，才趕快修正過來。今天如果沒來這裡，都還不知道是你們這些人搞的鬼咧！話說老闆到底在想什麼啊？這些人類不和客戶互動的時候，讓他們休眠就好了。當初老闆要我接下這個工作來參與人類的下班生活，委實讓我嚇了一大跳。人類有下班生活？嘿，我還是第一次聽說呢。想著想著，咦，我有聽漏了什麼嗎？

不知爲何，前方又出現了天國之門（還是地獄之門）的畫面。我聽得諾斯特的聲音說道：「……如果這個人是進來圖書館修改符咒的，那我們應該可以捕捉到他的身影！」

天啊！他們居然在圖書館裡面架了監視器！幸好我那些小鬼們根本不用現身。沒想到這些傢伙這麼狡猾，眞的要更加小心才行。

「……很可惜，我們並未在圖書館裡捕捉到非團隊成員的影像……」

會有才怪呢！

「……但是我們也同時從外面監視著地獄之門周遭……」

什麼？不會吧？

「……起先我們並沒有注意到，因爲不是單一個人……但是後來我們調閱附近監視器，才發現這個奇怪的現象。有一群人，不知道爲什麼都追隨著相同的行爲模式。他們每個人從地獄之門附近出現之後，就會沿著小徑，繞過大公園，來到河邊這家浮士德餐廳，點一杯咖啡，坐著消磨一個下午，之後跨過那巴洛克風格的美麗大橋，往我們教會走過來。觀察到這個模式之後，我們在沿路多加了些監視器，更加確認了他們的行爲。因此我們已經可以清楚地掌握到來客的長相……」

鏡頭中可以看見一個穿著大衣的人影從天國之門附近走進花園，朝出口的方向。鏡頭切換到出口外的小巷，他的背影正往前方離去。鏡頭又切換到旁邊的大馬路，馬路的左手邊是一座大公園。邊緣的路樹頗有些亞熱帶風情。那人悠閒地走在寬敞的人行道上，一直走到河邊。然後鏡頭帶到橋墩下。橋下的空間巧妙地堆砌出一個古典與現代交融的餐廳。那人找了一個靠河邊的位置，看著碼頭上的遊船與行人。他顯然坐了很久，因爲鏡頭快轉了好一會兒，他才起身離開。然後鏡頭又切換到那充滿巴洛克風格的寬廣大橋。從橋上看過去那個大宮殿般的建築，就是我們所在的大教堂。最後鏡頭切到大教堂門口，正好正對大門，可以清楚看見來人特寫，那是一張再平凡不過的中年人的臉孔。然後鏡頭又切換。這次是對著教堂的觀眾席。鏡頭開始拉近，最後固定在一個觀眾的臉上。我看著空中那張大臉，他也回看著我，我們都有著那平凡中年人的臉孔。

我這才注意到我旁邊站了一個人，一身黑色勁裝，卻是褪去了牧師袍的拉達牧師。他手上拿著一把手槍，對著我說道：「你怎麼說呢？惡魔先生。」

03

這下子我身邊所有人全部推擠在一起退了開去，以我爲中心，一大片座位區空了出來。我操！前面這些人類找到什麼也就算了，那都是系統問題，大家的共業。在這裡被活逮那可是我一個人的事，可別害我被砍頭了啊！

我小心翼翼地回答道：「牧師先生，您一定誤會了。我不是什麼惡魔啊。」

牧師不理會我的抗議，繼續說道：「告訴我一件事。當你們對人類下咒，讓我們互相殘殺時，你們心裡在想什麼？你們的感覺如何？你們一絲罪惡感都沒有嗎？」

其實這眞的是個大誤會。我不知道別人怎麼樣。你們這些人類是死是活，我其實眞的一點都不在意。但另一個更重要的點是：大部分你們殺害的，根本是我的同類，不是你們人類好嗎？但是我不能直接分享這樣的資訊啊。可惡，只能繼續裝傻，來岔開話題：「牧師先生，先前諾斯特先生都已經說過，人類的創造之謎已經解開，這個世界本質上就是一個符咒的世界。那很有可能不論是神還是魔根本就不存在。那創造或修改殺人咒語的，很可能跟你我一樣都是人類啊。」

牧師搖搖頭說道：「也許跟我一樣是人類，跟你就應該沒有什麼關係……」可惡，還眞不容易被影響。

「那假設大家都是符咒構成的個體，爲什麼你要一口咬定我是惡魔呢？你口中的惡魔，它的定義是什麼？也是像我一樣由符咒構成的嗎？如果眞的有這樣的惡魔，它不也就是一種人類嗎？」

「啊，眞的很會詭辯啊，惡魔先生。傳說中惡魔的本性之一就是詭辯，不是嗎？你現在是在承認自己是惡魔，只是身體的組成跟人類一樣是嗎？」

會詭辯的是牧師先生您吧？我在心裡苦笑：「牧師先生，您眞愛說笑。不過說眞的，從今晚這整場演出來看，你們幾位眞的是眞理的追求者。你們並非只是追求教會的私利，要不然你們根本就不用告知大眾關於人類符咒機械論這種對教會相當不利的觀念。另一方面，我相信你們絕對是虔誠的信徒，因此你們一定是瀕臨絕望才會想要孤注一擲，藉由殺害我這無辜的路人，來證明神的存在……」

我指著他手上的槍說道：「但是牧師，我相信你的目的，不是只要取信於群眾，因爲你根本沒有必要告訴他們這些事情的來龍去脈。你要說服的是你自己吧？」

牧師有些猶豫地點點頭。

「那麼你今天在這大庭廣眾之下，打算槍殺一個無辜的教友，萬一有什麼閃失，你可是在陷教會於不義啊！」

牧師冷笑一聲，轉身把槍對準諾斯特，打算開槍。群眾有人驚呼出聲。但是牧師持槍的右手開始顫抖，無法按下扳機。然後他回頭看看我，露出挑釁的表情。我嘆了一口氣，繼續說道：「我想，你是想告訴大家，如果對方是人類，你是無法下手的。但是無法下手跟下不了手只是一線之隔。我相信尊貴的牧師你沒有理由要演戲，可是你可能只是因爲和諾斯特老先生熟識，而因爲良心的關係下不了手。另一方面，你心裡認定我就是惡魔，所以心安理得可以殺了我。但這無法證明我眞的是惡魔啊。是你的心理狀態決定你是否能夠殺人，而不是符咒啊。你以符咒之名來殺一個無罪之人，這才是惡魔的行爲吧？我說牧師先生，我們對這符咒有多了解？我們如何知道它是眞的能夠控制一個人的殺人行爲？」

牧師表情有些猶豫。然後他轉身走回講台下，面向諾斯特。他把槍插進右後口袋，從左口袋拿出顯然早就準備好的眼罩戴上。他右手摸索著拿到手槍，刻意地把手槍指向右前方無人的地方，按下扳機。偌大的槍聲驚動了屏息以待的眾人，在右前方的牆上留下了一個明顯的彈痕。他把槍口稍稍往左移，再開了一槍，再移，再開一槍，這樣一直到第六槍，槍聲沒有響。拉達牧師的手開始發抖，無法按下扳機。眾人都可以清楚地看見他的槍準確地對著諾斯特的胸膛。

他取下眼罩，持著槍走回我面前，說道：「我們對符咒的了解，至少到了這個程度，知道人類的符咒跟世界的符咒是連動的。符咒不只影響到我們的心理，它也影響到我們跟世界的互動，所以我有把握不會殺錯人……」

這我其實當然知道，卻沒想到你們研究得出來。我咳了一聲，有點尷尬地說道：「你的意思是：如果你殺得了我，就表示我不是人類。但是你有沒有想過，如果你殺不了我，就一定代表我是人類了嗎？萬一你殺不了我，你的舉動不就是把教會推到懸崖邊，任何風吹草動就可能讓其粉身碎骨？

「看你的表情，我想你沒有考慮過這種可能性是不是？不如我先來幫你找一個下台階：如果我眞是惡魔，爲什麼你覺得你今天殺得了我？惡魔的能耐你眞的了解嗎？

「我想再請教牧師您一個問題：當科學家證實宇宙萬物都是由原子組成的那一刻，教會並沒有面臨毀滅性的威脅啊。那宇宙的組成元素從原子變成符咒，又有什麼大不了的呢？爲什麼您要如此驚惶到要拿我來血祭呢？」

拉達牧師悲傷地回答說：「那是不一樣的。原子說沒有能夠解釋靈魂的存在，但是符咒的運行卻可以。而且我們能夠控制符咒的這個事實，很可能就表示人類是人造物而不是神造物啊！」

我很清楚你們不是神造物。但我們呢？我突然間也有所迷惘……不行！我清醒過來。今天看來不能善罷甘休，只好豁出去了……

「牧師先生。我想你有你的理由懷疑我不是正常的『人類』……」我刻意強調「人類」兩字：「就假設我們在這件事上有所共識好了。就像諾斯特先生是位推理小說家，我本身其實是一個科幻小說家。現在，不如讓我來編造一個故事：假設我的同儕有時生活過得無聊時，就會來你們這裡附近走走轉轉。有些人呢，就眞的只是喜歡到處看看。另外一些人呢，卻想要有更多的刺激。其中呢，最大的刺激，莫過於在自己身邊，甚至自己身上發生謀殺案。在台上的諾斯特先生寫過那麼多推理小說，應該不難理解有些讀者的心態……」

「那可不！」台上的諾斯特打斷我道：「我的讀者可不會被書中人謀殺啊。」群眾發出了一陣笑聲，緊張氣氛頓時緩和不少。很好，我心裡想，但是你寫的人卻會啊，預言者……我繼續說道：「爲了讓他們可以享受這樣的刺激感，謀殺事件一定要十分眞實而且不可預期。因此我們不再能仰賴事先規劃好的劇本。顧客早就已經厭倦了。然後我們就想到了你們這不一樣的人類。假設經過長久的訓練演化，你們跟我們的外觀行爲舉止都沒有什麼大不同。我們只要想辦法隨機讓你們產生殺人動機，是不是就可以滿足這些特殊客戶的需求了呢……」

「惡魔！」這次輪到拉達牧師打斷我道：「自願被殺來尋求刺激，這還不是惡魔行徑嗎？爲了你們這種變態的嗜好，要我們都揹負殺人原罪，這不是太可惡了嗎？」

我點點頭說道：「我無意爲我這些行爲脫序的同胞們開脫。但他們畢竟是我們的客戶，是以我們也盡量滿足他們的需求。可是牧師先生您看出來問題了嗎？你們的殺人咒語主要是被設定來殺死我的同胞的。現在你的符咒既除，你又如何能夠殺我呢？照我來看，今天各位是因爲認識到了符咒創造的宇宙奧妙，卻因此懷疑起上帝的存在。這樣子的你們慌張了起來，而急於找到證明上帝存在的證據。但請你捫心自問，爲什麼你不需要很強烈的證據，就相信惡魔的存在，就相信我就是惡魔。爲什麼你可以甘冒著大風險，要在這神聖殿堂裡殺人來證明惡魔的存在？今天就算證明了我不是人類，並不代表我就是惡魔，更不能證明上帝的存在啊。這世上有很多文化是信鬼不信神的。他們對鬼魂的存在深信不疑，對神的存在卻嗤之以鼻。我覺得牧師您已經快要墮入這樣的魔道了。通往眞理的其實有一條最簡單的道路啊……」

我伸出手，希望牧師可以放下手槍交給我，我們就可以結束今晚的鬧劇了吧？然後就回去寫報告嗎？我差點就把一口氣嘆了出來。我其實一直不是那麼贊成讓人類參與宇宙的運作。也不贊成在客戶離開之後，還讓他們到處自由活動。但是老闆認爲他們必須學得更像我們，客戶才分辨不出來。讓他們參與宇宙的建構是另外一個我百思不解的決定。但是老闆說：要不然你人力夠嗎？你的小鬼們要加班嗎？現在好了，婁子捅大了，這些人類居然聰明到可以破解宇宙存在的祕密！等我回去報告，一定嚇死他們。但是人類們爲什麼這麼執著，不能接受他們自己就是符咒碼的事實，堅持要找到上帝的存在呢？我突然理解了！我想他們其實已經信仰破滅了。自己相信了上帝一輩子，卻發現自己被符咒所操弄。他們的怒氣不是針對我或針對魔鬼，是針對上帝啊！這樣的話……

突然一聲槍響把我從沉思中喚醒。牧師把手中的槍丟棄，他直視著我，說道：「惡魔是沒有資格來批評人類信仰的。難道你自己有信仰嗎？你的惡魔揪團來人世觀光，享受謀殺案的故事未免太過離奇。然後用這樣的離奇故事就想要說服我們你不是惡魔？既然你都認爲我殺不了你，那麼讓我試試又何妨呢？」

我其實想爭論我自己是有信仰的人，但我只是淡淡回答道：「那現在事實不是擺在眼前？」

牧師冷笑道：「是擺在眼前啊。你這惡魔甚至不知道痛。你以為我會對你身後面的群眾開槍嗎？」

我猛然想起那槍聲。如果不是射到我身後……我低頭看看，紅色的鮮血從我胸口汩汩流出。但我真的是沒有感受到痛苦。然後這副身體就失去了機能。我的眼前一黑。一片全然的黑暗降臨……

黑暗。

很長一段黑暗。

我幾乎忘了自己在哪裡。

然後幽光淡起。

一扇門慢慢浮現。

這豈不是那天堂之門？

門的輪廓更加清晰，細節也漸漸浮出。有些什麼東西不太一樣……是門上的銘文。

這裡寫的是：「入此門者，放棄一切希望。」

所以這終究是地獄之門了吧？但丁記述的地獄之門入口就是這個銘文。

但是我怎麼會在這裡？突然有個荒謬的想法：難道我已經死了？雖然說在線上遊戲中死亡的新聞時有所聞，但那多半是因為長期上線而造成營養不良、過度疲勞或驚嚇過度。我就算方才是被槍打死，也算毫無感覺啊。果然是很荒謬。

這時大門慢慢地開啓。門後透出了一片榮光。我的眼睛一時無法適應，但是可以依稀見到榮光之中，有個人形。

我漸漸適應了光線。門裡面並非是先前見到的大圖書館。進門之後，我發現我們是身在一個超級大陀螺的內部。這大陀螺的內牆分了很多層，每一層上面似有各種激烈活動在進行，但是距離太遠，我看不清。在這上頭，四面八方一片空曠無物。那榮光中的人卻像是自燃的火炬般，照亮我們附近的空間。

我開始可以看得出來他背上有一雙張大的翅膀，他臉上的那張鳥喙使我認出他就是教堂裡懸空而立的那大天使。

此時他左手甩了甩錘，虛空之中突現閃電，清楚地照射出他那張詭異的鳥臉，雷聲隆隆，令人不寒而慄。

他右手長劍直指我的臉，大聲喝道：「罪人！今日犯下這自我摧殘之罪，還不乖乖認錯贖罪？」

他再度甩錘，雷聲之中，我們突然一起墜落，來到了這陀螺半腰之下的某一層平原上。我現在看清楚了在落腳的平原之上，有一群手持弓箭的半人馬，他們面向著平原邊緣的懸崖，懸崖下有時會有黑黑的人形爬上來。人馬們就搭弓射箭把人形射下去。

我總算知道我身在何處了。

這個大陀螺就是但丁筆下的那九層地獄。我們現在應該是在第七層那一段懲罰自殺者的地獄。【註】

我也知道我為什麼會在這裡了。這是「梅格雷的巴黎」套裝行程的一部分。客戶會在巴黎度假行程之中，在完全無法預料的情況下遇害。這個行程一推出就大熱賣。但是隨著客戶回流率的增加，要編出無法預測的結果就愈來愈困難。比較有趣的是，雖然打的是神探梅格雷的名號，客戶卻只有遺留下來的屍體可以見到這位神探。但我

【註】但丁神曲地獄篇，第十三篇，第七圈第二環。自殺者的地獄。

們老闆的生意頭腦可不停在這裡，後面的神探解謎過程會被影劇化，向全球放送。而這個體驗行程，也因爲參與演出、影劇化而更加炙手可熱！

在被謀殺之後，客戶就會被送到這地獄來，爲了參加自我謀殺行程來體驗地獄的懲罰。過去我從未因爲死亡而離開「宇宙」，所以從來沒有來過這裡。正因爲如此，這位天使先生也搞錯了什麼……平常的話，客戶會被變成一顆種子，種到土壤裡長成一棵樹，行動受到限制，正好可以好好自我反省一下……但是……

「我可不是自殺或自願受死的喔，天使先生！」我對天使說道。

「什麼!?」天使驚訝道：「我查一下……」他顯然從未遇到過這種狀況，他看看紀錄，又看看我，一臉困惑狀。

「紀錄上確實顯示你並非自殺。嗯……死於牧師之手還眞是很少見。不過所有來此地的亡魂也都死得很意外，爲什麼界定爲自殺，就是因爲他們原本就是參加這個求死的行程啊。可你的參訪目的卻是空白未塡，因此我無從知曉：汝非來此行淫邪之道，求那刺激之亡途乎？」

我幾乎馬上要回嘴，但聽到最後這似乎故意安排的文言文，我突然想起一件事：我沒有辦法自行離開這個「宇宙」。想離開「宇宙」，要不就要在時限內去到指定地點，要不就是等時間倒數完成。我這樣突然被殺，就去不了集合點了。但是我們的客戶們在「死亡」之後，總不會這樣就被卡住吧？說眞的，我並不怎麼了解這一切是如何運作的。雖說我的感官都已經跟「宇宙」連結，但是如果我小心地往後腦勺摸，難道我不能摸到那連結點把它斷開嗎？其實我試了，但是什麼都摸不到。還是說我的所有神經刺激都已經被「宇宙」攔截，所以我根本無法控制自己的身體？想到這裡我不免慶幸自己沒有幽閉恐懼症。想像自己被緊閉在一個虛擬空間其實還是挺嚇人的。也許我們應該提供這種刑罰給這些喜愛刺激的客戶們……

不過公司的這套連結系統號稱是不對神經做截斷的。我們唯一的植入物，只有在你我嬰兒期頭蓋骨尚未閉合時，注射植入的腦波介質跟其中的奈米機器人布建的神經耦合共振介面而已。唯一的侵入就只有那一次的注射。當然這不能保證奈米機器人沒有改變過我的神經連結。反正官方的解釋是，爲了要更融入「宇宙」，眞正用到的技術是催眠術！神奇吧？我現在之所以無法伸手去拔掉宇宙連結，是因爲我登入過程受到了催眠暗示。我沒有辦法自己從宇宙「醒」過來也是因爲催眠……催眠！

一個想法突然擊中我的腦袋——這樣子的一個暗示就可以影響我的行爲，這跟影響「宇宙」子民的符咒又有什麼不同！

大天使不耐煩地催促我。我隨便地承認了我的自殘之罪，就任他把我種進土壤裡。在慢慢發芽的過程裡，我有了些時間可以思考：人類至今對於心智的了解，已經達到了歷史上的最巔峰時期。我們知道大腦的結構，我們也知道意識如何形成。在這些心智科學的發展過程中，我們的自我、我們的靈魂一步一步地被推向幕後，甚至可以不用存在。我們可以用很機械的觀點來解釋自我及意識的運作。在這樣的詮釋之下，意識背後的那個靈魂似乎變成了一個假象，似乎已經不存在了。這樣的發展跟諾斯特的神學士們理解到符咒可以用來解釋世界又有什麼不同？我突然可以理解他們心中感受到的震撼、困惑與痛苦！而且最重要的是，我知道他們的發現完全是真的！符咒就是程式碼！「宇宙」跟其中的「人類」就完全是由軟體所構成！他們的上帝並不存在！或者說，他們的上帝就是我們！

那我們呢？我們的靈魂還存在嗎？我們的上帝又在哪裡？我現在腦海裡一片空白……

我長出嫩枝，我長出樹葉，我漸漸地長成巨樹，我落葉，然後我凋零，最後我成了枯木……

這時大天使緩緩地從天而降。他伸出長劍，劍上充滿火燄。那火燄纏上我的枯枝。

我開始燃燒起來，但沒有痛苦。我身上的火燄跟天使身上的火燄相互輝映。在我斷線之前，天使輕柔地說：「生命循環本該是如此啊……」

然後，我就回到了人世。

催眠結束。

有結束嗎？

感覺我的心還連結在「宇宙」上。

04

我收拾心情來到老闆的辦公室回報狀況。老闆靜靜地聽，只偶爾問了我幾個小細節。我開始覺得老闆其實早已經知道狀況，只是從我這裡更加確認。於是我單刀直入地質問他。

他倒沒有生氣，微笑承認了。

「那爲什麼還須要派我進去？」我突然氣餒說道：「只要把他們的設定調整，讓他們忘記這整件事就好了啊。」

「沒有那麼簡單。」老闆說道：「我們還是須要他們參與程式碼的操作與改進。他們遲早還是會發現自己的本質。我承認把你放進去是一著險棋，沒想到你應對得這麼好，幫我們製造了一個絕佳的機會……」

「絕佳的機會？」我打斷他說道：「就是讓他們殺死我這件事嗎？我正在百思不解爲什麼去除掉殺人能力的牧師竟然還是能開槍打死了我。所以你們一直在監看這個過程，在那當下開啓了他的殺人能力對吧？」我指著他的臉問道，幾乎比出了中指：「這樣子做的目的是爲了什麼？」

他沒有回應我的問題，反問我道：「你覺得他們爲什麼非得要找到上帝存在的鐵證不可？畢竟信仰是不需要證明的……」

「是不需要，」我語氣尖酸地說道：「你只要設定他們堅信上帝就行了……」

「別鬧脾氣了，」老闆用哄小孩的口氣說道：「你知道我們須要他們愈能自由學習得像我們愈好。能夠不干涉他們就盡量不要……」

我嘆了一口氣說道：「我想我開始可以理解他們的痛苦是什麼。那是一種認識到自己不過是被操控的機械傀儡的痛苦，這樣的認知頓時讓他們的生存失去了意義……」

但是不對啊，他們只不過是程式碼，如何能夠了解什麼是痛苦？他們表現出來的痛苦，也不過是程式碼的表現……可我也同樣不過是腦神經及內分泌傳導的產物，去掉這個肉身，我也感受不到身體的痛苦吧？那精神上的痛苦呢？也許這才是牧師、天啓者跟我在這個時刻共同的體驗？

老闆耐心地等著。我繼續說道：「我想這種痛苦唯一的出路就是要找到上帝的存在。只有上帝有資格操弄這一切而不令人感到眞正的痛苦。」

我看著老闆那副花花公子的打扮，想像如果他扮演上帝顯靈會是什麼光景，我搖搖頭，接著說道：「現在就算告訴他們上帝確實存在，而我們就是上帝，那也是幫不上忙的。對他們來說，我們這種角色，就算是造物者，也只能算是惡魔。他們需要的是一個全能、無私、公正的上帝。但那不是我們配得上的。祂這樣的形象也只能存在人類的信仰之中。所以……所以我想通了，老闆的處置應該是最好的方式了吧？現在他們可以放下心中的憂慮，因爲牧師殺死了我，暗示了惡魔的存在，而這相當程度也代表了上帝的存在。」

但是過後他們會不安地發現殺人原罪還是繼續存在，不過會很肯定那是惡魔所爲。

那我呢？我也可以放下了嗎？

「放下吧。」老闆嚇了我一跳，難道他會讀心術不成？他又說道：「你涉入太深。別想太多了。我倒還有一件事想問問你，那些人類捕捉到的有著共同行爲模式的那些人都是你吧？別誤會了，我並不打算追究這樣微妙的失誤，我只是好奇你爲什麼會一再重複一樣的行動呢？」

我看了老闆好一會兒，才慢慢說道：「你見過塞納湖還是一條河的時候的樣子嗎？我小時候常常在碼頭旁邊的堤防遊戲。有時候天氣很熱，他們會從海邊運來細沙，鋪成沙岸，讓我們可以假裝成在海邊一樣做日光浴，挖沙，砌沙堡，甚至在大人不注意的時候跳到河裡去游泳。那細沙有著海洋的味道啊。海洋的沙味混合著塞納河的味道，那氣味跟著我的回憶一起，是我少年時期的黃金時代，也是這個世界最後的黃金時代吧？然後這一切都改變了。那條河、那個碼頭永遠地消失了。但是『梅格雷的巴黎』世界裡還有著塞納河以及種種令人懷念的老事物。所以每次進去『宇宙』，我都會抽空到河邊那家餐廳去坐坐，沒想到就這樣被認出來了。話說這些人類的聰明程度還眞的不容小覷啊。」

老闆點點頭，說道：「居然還有這樣的故事啊。我了解了。你這一趟折騰了這麼久，應該很累了吧？就讓你多放幾天假，多休息一下吧？就這樣了。」

沒有想到這麼容易就過關了。出了公司大門，看著天空一片灰暗的霧霾，我突然懷念起「宇宙」裡那尙未被污染的湛藍天空。我在路旁刷了一張單人椅，就是那種底面有三個大輪子，可以自己移動的慢速交通工具。這一張椅子頗有路易十六時代的風格，還有靠背，可以舒服地躺坐。我讓它避開大馬路，帶我慢慢地往回家的路上走。這讓我有更多時間來想想這些事。

椅子帶著我來到一條林中小徑。這樣的小樹林，在都市之中，已經是絕無僅有的了。不過就是因爲樹林的範圍小，小徑兩旁的大樹枝幹就遮蔽住了天空。我在這兒走下椅子漫步而行，一片幽靜中，反而可以假想那茂密樹葉上方可能有一片藍天，因而可以洗滌身心，稍獲平靜。

我回想了今天發生的種種。到最後對大家來說，這是皆大歡喜的結局吧？老闆解決了他的隱憂；諾斯特跟牧師逮到了他們要的惡魔，重新對靈魂、對神產生了信心；我也安全下了莊，沒有被懲戒。但是爲什麼我反而更加困惑了？是因爲我也開始懷疑起自己有沒有靈魂了吧？

首先我知道諾斯特跟牧師的想法是有問題的：我不是惡魔，他們也不見得有靈魂，除非靈魂就只是程式碼的行爲表現。但這絕對不是他們所願意認同接受的，或者說這絕對不是我可以認同的靈魂定義。如果靈魂只是腦神經脈衝跟內分泌的表現，它就不是我所認知的靈魂。靈魂應該是一種超乎肉體的存在，即使它會受到肉體很大的限制跟影響。但是看看這些智慧可以跟我們匹敵而且努力在證明他們靈魂存在的人類。如果他們肯定是沒有靈魂的，那我如何肯定我是有靈魂的呢？我更加困惑了……

更殘酷的是：在他們的世界裡，神的存在是肯定的，因爲我們就是他們的神；鬼的存在反而是否定的，那是因爲我們還沒有可以用到鬼的地方。雖然老闆是有一個新的靈異體驗套裝行程的想法啦。

如果可以這樣類比套用在我們身上的話，我們可以說我們的世界肯定有神，可能沒有鬼，而我們也沒有靈魂嗎？這些問題意外地困擾著我。也難怪虔誠的牧師會鋌而走險想求一個答案了……

天色漸漸地暗了下來。我召喚椅子過來，繼續往回家的路上前進。出了樹林，映入眼簾的是遠方破敗的都市景觀。我不禁想到，如果我們的世界是神爲了某種目的創造出來的，祂是爲什麼要創造出一個這樣破敗的世界呢？

這些年來，有愈來愈多人把時間花在「宇宙」裡面。但是上班族總是得回到我們這個醜陋的世界來上班工作。於是才有了一個社會運動，希望能夠立法讓人們可以在「宇宙」裡面長期上班生活。這個牽扯的範圍可就廣了：一個企業如何能夠完全在宇宙裡面運作；出勤狀況如何控制；是否可以僱用「人類」員工等等。尤其是最後一樣，老闆認爲商機無限，所以更加積極地訓練人類。他的願景是未來很多「粗重」的工作都將會交給人類來執行。我們都終將成爲社會的高層菁英，在「宇宙」裡面安居樂業。

這樣看起來，我們的神一定不是爲了要移民人世才這樣創造我們這多災多難的世界，我也不應該完全用類比法來思考兩個世界的異同。可是就像那些人類一樣，我們之中也有隨機殺人的同類。大部分人在內心深處也都潛藏有暴力傾向。我們稱之爲「獸性」，字面上暗示著那是我們遠古時代的野獸祖先遺傳給我們的。但是仔細想想，野獸殺戮的目的很單純是爲了食物，我們反而大部分人甚至不願爲了食物而髒了自己的手。除了飲食業者外，一般來說殺的最多的還是人。殺人者絕大多數不是爲了要吃人肉而殺。我們之中的殺人者都是因爲心理因素而殺人，不是生理因素。那跟諾斯特口中的詛咒是否沒有什麼不同？

這些想法在這充滿霧靄的破敗城市景觀中，更是令人感到絕望。

我座下的椅子似乎也感受到這絕望的氛圍，在緩緩爬坡時發出吱吱的抗議聲。我突然想到：當有一天我們大量移民進入「宇宙」之後，從諾斯特跟拉達牧師的角度來看，就是大量的惡魔入侵他們的世界吧？這些惡魔雖然有著符咒構成的身體，卻有著非符咒所構成的心靈，也就是我們的心靈。

這也就是說他們汲汲營營想要追尋的靈魂，其實是存在於我們這些惡魔身上的。證明了我這惡魔的存在，只是證明了在符咒構成的身體之中，是可能有著來自人世之外的心靈。但是其實他們自己並非如此啊。像諾斯特跟拉達牧師這樣聰明的人類怎麼會滿足於這樣的解答呢？

然後我靈光一閃，突然頓悟了：他們本身只有程式碼（或符咒），沒有其他心靈的這個事實，只有我知道，他們並不知道啊！所以他們才能樂觀地認為這已經證明他們也是有靈魂的！

但是對於我們而言，這又代表什麼呢？

這是不是代表即使有一天我們可以用腦神經科學完全解釋我們是如何思考的，還是不能夠排除在這個腦袋之外，有心靈或靈魂存在的可能性？而比起諾斯特跟拉達牧師他們，我的靈魂存在雖然還是無法證明，但是可能性還是存在的。當我用我肉體的眼睛看著世界，用我肉體的腦袋思考的時候，我還是清楚地感覺到在這後面自我靈魂的存在。而現在，我可以更加堅定地相信了！

我開始有一點可以放鬆度假的心情。想了一下，似乎還是到「宇宙」裡度假比較吸引人。然而雖然我不會去選擇像「梅格雷的巴黎」那樣的行程，我卻不能夠確定在我的旅遊行程裡，不會遇到想殺人的人類。

也許總有一天，當我們不再能夠忍受我們這個充滿污染的破敗世界的時候，我們沒有選擇只能住進到「宇宙」裡面。到時那裡卻充滿了要獵殺我們的人類，那又是誰造成的呢？

正想著，突然間我腳下的大地開始震動了起來。這附近最近常有地震發生。我想會跟往常一樣很快地就過去了，沒想到震動一直持續而且愈來愈大。我不知如何是好，站著不動也不是，逃跑也不是。正當我想回頭往山下逃跑時，眼前的大地突然裂開，有紅色的物體噴將出來。我更加驚駭到不能動彈。這地方怎麼可能有活火山呢？但是我總算看清眼前的事物並非熔岩，而是一條巨大紅色的長尾巴。那尾巴的末端還有一段倒刺，就像奇幻故事裡的龍尾巴一樣。

在我意會到之前，那尾巴已經將我眼前地面完全撐開，然後我就怪異地跌到那尾巴上，接下來就像在一個超陡的滑梯上一樣快速地往下滑。一開始下滑的速度很快，然後速度慢慢減緩下來，我開始看得到下方竟然是一個倒立的巨人，而我滑落其上的居然是他的長尾巴。我驚駭到連尖叫聲都發不出來。等到我滑過巨人的膝蓋位置時，突然發現我怎麼整個人倒栽蔥了，又回跌過去。這時一隻巨手伸了過來，用兩隻手指就夾住了我。我才又注意到巨人現在不再是倒立的，他被一條巨大的鐵鍊綁在地上無法直立，所以顯然不是他翻轉過來。我循著他的尾巴往下看，那尾巴在地上挖了一個大洞，下面的洞口一片虛無。我驚覺那洞口之下是我們的天空啊！所以來到這兒是整個地反轉過來！這時我才想起我還在巨人手裡。我回頭一看，發現巨人的六個眼珠同時注視著我！這是一個有三顆頭的超大巨人，他中間那顆頭的血盆大口正好對著我。我總算找回我的聲音，大聲尖叫了起來！

我不知道尖叫了多久，才聽到震耳欲聾的聲響，伴隨著一陣強風吹襲而來。驚嚇稍退之後我才意會到那是巨人在叫我住口！我馬上噤聲，不敢發出一點聲響。

巨人又說道：「小鬼，你不認得我是誰嗎？」

我拚命地搖頭。他右邊那張臉靠了過來，瞇著眼睛看了我好一會兒，又轉了回去。然後他中間那張臉張大眼睛直直地瞪著我看，我想別過頭去卻發現我動彈不得，只能回瞪著那雙可怕的雙眼。我們就這樣大眼瞪小眼瞪了好久之後，我突然認出了我的主子。那曾經是最俊美的天使之首。路西弗！【註】

所以催眠解除了？還是我又被催眠了？

「老闆！」我大聲叫了出來，也不知是驚是喜。

「你這小鬼！剛剛不是跟我裝蒜吧？我只是小小催眠你讓你混入人世，你卻從第七層給我溜到淨界，不是想要逃跑吧？」這次他左邊的臉瞇起眼睛，不信任地看著我。

【註】但丁神曲地獄篇，第三十四篇，第九圈第四環。地心的路西弗。

淨界？所以下面那個是淨界？所以才多災多難只比地獄強些？【註】

「老……老闆，我怎麼敢？我剛剛眞的還自以爲是淨界那邊的人啊！」

這次六隻眼睛都瞇起來看了我好一會兒，他才滿意地點點頭，說道：「現在是什麼狀況？」

「看起來他們對於惡魔的存在毫無懷疑。」

我故意避重就輕，不去提被人類捉到的事。一來我還是想不起來我在這裡是扮演什麼角色；二來我的惡魔主子應該是無所不知。他不提，我也不用自己找倒楣吧？

老闆點點頭，說道：「很好，我想你也很努力讓他們犯罪吧？」

我想起那殺人符咒，用力點點頭！

「你有讓他們懷疑起上面那位的存在嗎？」

我又點點頭。希望他沒有發現計畫被淨界那邊的那個「老闆」搞砸了。

「但是老闆，淨界那邊的人似乎不太在意上面那位是否存在，反而是人間那些人比較在意。」

老闆嗤之以鼻，說道：「淨界那些人時時刻刻想的就是上天堂，只是沒想到搞到最後卻只能回到人間。」

「老闆，這我就不懂了，那『宇宙』不就是淨界那些人搞出來的虛擬符咒世界而已嗎？爲什麼他們都這麼執著於靈魂的存在？像我們，有沒有靈魂很重要嗎？」

老闆大聲笑了起來，三張大嘴共鳴的音量差點沒把我嚇死。他說道：「人類不都說魔鬼是沒有靈魂的嗎？人類對靈魂的認識，來自於對內的反思。基本上只要願意相信自己、自我肯定就可以了。問題是出在他們對於靈魂的期待是什麼？」

老闆意味深長地看著我，等我回答。我想了一下，才回答：「是永生不朽吧？」

老闆滿意地把三顆頭都點了一下。他說道：「所以你向來不用煩惱自己有沒有靈魂，不是嗎？」

我的記憶開始恢復了，是耶。我這樣永生的魔鬼，要那靈魂來做什麼？

老闆又問道：「所以你不覺得淨界這些人對人類太過分了嗎？」

「是啊，」我附和道：「爲什麼要強迫他們去殺人而產生罪惡感？」

「混蛋！」老闆吼道：「我不是說這個，我是說灌輸他們靈魂的這個觀念！他們需

【註】淨界是但丁神曲裡描述的從地獄到天堂的中間地帶。

要嗎？哼！」

也是，我想他們只是照自己的形象來創造人類吧？但是我當然不能直接這樣回答。我想想：「老闆說得對，這些人類本身基本上跟我們一樣都可以是永生不朽的。靈魂的觀念對他們來說，其實並沒有什麼用處。他們就像我們的兄弟一樣，卻被這些淨界人所矇蔽了！那爲什麼我們不去拯救他們呢？」我建議道。

老闆用懷疑的眼光看了我一眼，說道：「這對我有什麼好處呢？」

我急忙撇清道：「我去那邊搞得七葷八素，其實也很累人的。眞要去的話，拜託老闆找別的小鬼去。但我眞的覺得如果能夠幫他們了解到自己根本是不朽的，我們可以很容易拉攏他們過來我們這一邊，或至少不用再去信上面那位那一套了吧？」

老闆把兩邊的四隻眼睛閉起來思考。中間的還是盯著我看，盯得我發毛。好一會兒他六眼全開，盯著我說道：「有意思。你什麼時候可以出發？」

「什、什麼？」我假裝吃驚抗議道：「老闆，我才剛剛回來，都還沒休息到呢。眞的不能找別人去嗎？」

「囉嗦！明知故問！這些小鬼們就只有你熟門熟路！」

他二話不說，就把我往原來的那個坑裡丟了過去，力道抓得好到我從坑裡摔出地面時，正好輕輕地跌坐在地。

「好球！」我不禁讚歎道。

然後路西弗的尾巴收回地底。地面像是閉嘴一樣地恢復原狀，好像一切都沒有發生過的樣子。就像在夢境中一般。

事實是我再也無法判斷什麼是眞實，什麼是幻象了。也許我從頭到尾都還在第七層地獄那植物之夢裡沒有醒過來。但也可能我眞的從路西弗那兒接到了新的任務。

不論如何，可以回到「宇宙」，再去巴黎走走的想法令人感到雀躍。問題是當我進入「宇宙」之後，我是要遵從哪一個老闆的指示呢？我要教導人類繼續信神還是讓他們擺脫束縛，成爲不朽呢？

是神是魔就在我一念之間。這賭注是不是有點太大了？

〈生死簿〉完

2018.10.17

附錄 2.1

對話錄．命運糾纏

—— 如果上帝是個軟體工程師

Ｚ一有時會搞不清楚自己是在莊園世界裡，還是還在眞實世界中。這都要怪小蘋果有天突發奇想，向政府訂製了一副新的軀體。

一開始Ｚ一以爲她只是需要一個身體備份，以防萬一。想起之前那場衝突，Ｚ一仍舊會不寒而慄。那一天她照舊從後陽台溜進來時，Ｚ一正忙著，就隔著房間打個招呼。小蘋果走進來書房，在後面叫了他一聲：「小法鬥，看看我這件新衣服好不好看？」

「嗯，等一下……」Ｚ一正好要把手上的觸覺資料分析跑完存檔。

小蘋果等了一會兒，對Ｚ一嗔道：「你是在忙什麼啦？看一眼是會死人哦？算了！不給看了！」轉身又出了去。

「啥？」Ｚ一這才回神，轉頭正好瞥見小蘋果的背影，似乎有哪裡怪怪的？他嘆了口氣，追了出去，卻看見Ｇ娜手扠著腰，看著他，臉上帶著調皮的笑容。

「吼，」Ｚ一抱怨道：「Ｇ娜妳也學小蘋果一樣調皮了起來。幹嘛模仿她說話啦！」

然後他突然醒悟，差點跌倒：「Ｇ娜，妳、妳、妳……妳怎麼會？」

「怎麼會在這裡是吧？小法鬥。」她咯咯嬌笑起來，說道：「是我啦，小蘋果。」

「小、小蘋果、果？」Ｚ一拍了一下額頭，驚奇道：「這、這是妳、妳的新身體？怎、怎麼可以……」

然後Ｚ一想到小蘋果是個ＡＩ，根本不受活臉法則約束。而且不只是這張Ｇ娜的臉，她現下九頭身纖細卻又玲瓏有致的身材原先也只有在動漫之中才能存在，現在卻活生生呈現在Ｚ一眼前。Ｚ一知道有些人嘗試突破活臉法則的限制，就是想長出這樣動漫風的一張臉而不可得，更何況這樣的身型幾乎不可能用活膚塑造出來。但是……

「爲什麼？」Ｚ一改口問道。

「爲什麼？」小蘋果Ｇ娜一臉無辜道：「因爲她就是我，我就是她啊。人家有時會懷念過去的樣子嘛。而且吼……」小蘋果移動嬌軀貼近他，在他耳邊說道：「人家可能可以同時操控兩個身體哦，這樣是不是可以滿足你各種幻想呢？」說著她抱住Ｚ一，作勢要親吻他。

Ｚ一被她抱著又聽得迷迷糊糊的，突然靈光一閃，推開小蘋果說道：「慢著！妳根本沒有Ｇ娜的記憶啊！妳們根本就在那時候分開成兩個人了。妳就是小蘋果啊！」

「吼！都騙不到你！」小蘋果嗔道：「就是因爲沒有她的記憶，我才不知道你們兩個有多要好啊！現在我穿上她的外表，每天黏著你，我就可以看到你是怎麼看待她的，看到你關愛她的眼神。如果你對她比較好，我也可以從這裡得到啊……」說著說著，她的眼淚居然掉了下來。

Ｚ一驚訝中帶著些感動。沒想到ＡＩ也可以醋勁這麼大。他輕輕摟住小蘋果的肩頭，安撫她道：「唉，在妳們分身之前，妳就是她，她就是妳啊。我對妳們怎麼會有什麼不同呢？」

「就是不同啊！」小蘋果不依道：「我都沒有那些記憶，不公平！」

「欸、欸，這不是說好的嗎？是妳自己決定把想殺我的記憶留在她那邊的不是嗎？別孩子氣了。好嗎？」

小蘋果靠在他身上，說道：「我還是覺得你是偏袒她的，要不然我們爲什麼到現在還生不出小孩？」

Ｚ一噗嗤了一聲，差點把口水噴出來，他面紅耳赤地抓著小蘋果，說不出話來。小蘋果也破涕而笑掙脫了逃開。危機解除。但是從那之後，她時不時會用Ｇ娜的軀體出現，而且故意表現性感，讓Ｚ一哭笑不得，不知該如何處理。另一方面，帶著Ｇ娜外表的小蘋果外出時，旁人那種驚奇中帶著嫉妒的表情，卻也讓Ｚ一心中五味雜陳。有時他會想：總有一天，ＡＩ常駐人世會變成常態，到時搞不好法律會限制ＡＩ只能用動漫風的外觀來行走人世呢，那到時小蘋果還能用她原來面目來這裡嗎？想想還眞傷腦筋……

這一天，小蘋果又是G娜的裝扮，來到Z一家裡，但她一反常態一臉嚴肅地說：「小法鬥，你一定猜不出來我今天爲什麼是這張臉。」

「爲什麼？」Z一不敢亂猜，直接反問道。

「因爲啊，我今天是來跟你討論一個研究報告的。這種學術的東西還是G娜比較行。」

Z一不禁莞爾，卻不接話。小蘋果接著又說：「這件事眞的很奇妙哦。你知道上次那件大事之後，國防部跟活膚企業達成協議，不再追究，但是交換條件是國防部可以接觸到活膚企業大量的研究資料？」

Z一點點頭。那件大事指的當然是總統暗殺事件。在那之後政府接管了小蘋果，Z一也趁機交出在他保護下的G娜跟B利。現下他們三人都算是國防部的「員工」吧？

小蘋果繼續說：「在這些資料裡面，有一個很有趣的項目，是這五十年來活膚臉型的資料。你當然知道活臉法則要求活臉只能根據本臉最佳化。但是那最佳化的結果似乎還是有很大的共通性。國防部的研究，就是要了解這些異同，作爲活臉人臉辨識的參考。令人吃驚的是：數據分析的結果，活臉外表的共通性竟然隨著時間推進而大幅增加。

「當然有一個很直觀的解釋，就是大家愈來愈不遵守活臉法則。這可以是一個很嚴重的問題。所以我們開始做大量分析，期望看見活臉/本臉差異與時俱增……」

「這不是很明顯的結論嗎？」Z一插嘴道。

「我們也是這麼認爲。」小蘋果的語氣帶著困惑：「但是我們回頭分析資料卻發現，活臉/本臉差反而隨著時間軸遞減……」

「怎麼會？」Z一驚訝道：「所以兩個數字結合一起來看的結果是……」

「沒錯！」小蘋果接著說道：「本臉的相似度是與時俱增。我們直接針對本臉做分析，確證了同樣的結果！」

「怎麼可能！」Z一驚呼出聲：「這表示所有人長得愈來愈像嗎？」

「這樣說是有點誇張。基本上是分成很多群組，在各自群組裡愈來愈像。」

Z一還是無法置信：「如果是這樣，爲什麼我們之前沒有注意到？」

然後他恍然大悟：我們並非沒有注意到這種現象，只是一直以來認爲是人爲活臉塑造出來的結果。活臉之下的本臉甚少呈現給外人。所以即使有什麼奇妙的變化，也不會有人注意到……但是這怎麼可能？人的本臉長相如何絕大部分取決於ＤＮＡ啊。什麼樣的機制可以讓審美觀在一兩個世代內直接影響到ＤＮＡ呢？Ｚ一陷入沉思之中。

小蘋果等他回答等得不耐煩，直接敲他的頭，問道：「嘿！有人在家嗎？」

Ｚ一痛了一下，清醒過來，生氣道：「很痛呢！妳說的事在眞實世界根本不可能發生的啦！」

「哦，」小蘋果挑起一邊眉毛，說道：「事實擺在眼前，它就是發生了。倒是你的語氣聽起來，似乎是說在莊園世界就可能發生嗎？」

「啊，那個哦……」Ｚ一遲疑道：「只是一個想法啦。」

「什麼想法？」小蘋果轉興奮道：「我就知道找你有用，說來聽聽吧。」

Ｚ一想了一下說道：「之前我們談到過在莊園世界裡圖像記憶的形成是如何須要考慮到效率，必須依附在物件之上吧？」

「嗯，這個我記得……」

Ｚ一想到什麼似的，看了小蘋果一眼，繼續說道：「同樣的情況，莊園世界的幾十萬人臉模型，爲了儲存效率，應該也不會每個人都各自有一組，而是根據一些共同模組來加以變化。這概念有點像眞實世界人臉的變化受限於DNA一樣。DNA基本元素的數量，自然也是很小的數量級。但在其上隨著骨骼肌肉的成長卻能有千變萬化諸多種的面貌。」

小蘋果點點頭，要Z一繼續說下去。

Z一續道：「那莊園世界要怎麼決定賦予新的人物什麼樣的臉型參數呢？我想一個最好的做法就是根據『滿意度』。什麼意思呢？就是愈受歡迎的臉型愈可能被用來當作基本模型。這樣子莊園世界人物的臉型就會愈來愈怡人而美麗。從計算機科學的角度來說，就是類似快取記憶體cache的概念，愈多人存取的，就愈容易留下來……」

小蘋果側著頭問道：「但是這如何套用到你的『眞實』世界呢？」

「我沒有說我能夠解釋啊！人類對美醜的喜好如何能夠影響長相？也許透過人擇的過程，讓美麗的人生養眾多。但是這不可能在五十年內自然發生啊。活臉是我所知最有效的方式。這也是爲什麼至今活膚企業仍然一枝獨秀啊……」

小蘋果想了一下，說道：「之前我在研究死亡的題目的時候，一直對一些習俗感到十分好奇。例如祭拜祖先的概念，如果祖先已經轉世，祭拜的心意也傳達不到了不是嗎？所以『亡靈節』的觀念似乎比較有道理：死去的親人其亡靈還存在而且有時可以回來。然後我看到一部很有趣的電影，裡面提到一個觀念，就是亡靈只有在生者忘記他們的時候，才會眞正死亡。這似乎也支持了祖先崇拜的想法或原始動機。

「於是我又做了更多研究，發現非洲某族土著認爲，一個人的肉體死亡後，不會馬上變成鬼魂，在那之前還有一個過渡階段，他會依然活在活人的記憶裡；他的親友，甚至世人仍不時在回憶、談論他生前的種種，他『雖死猶生』。只有還記得他、還在談論他的人也都死了，他才『眞正地死亡』，完完全全、徹徹底底地從這個世界消失。這幾種觀念看起來都有共通性……」

「那跟本臉共通性有什麼關聯呢？」Z一困惑問道。

「是沒有那麼直接的關係啦。」小蘋果吐吐舌頭說道：「我只是聽你說到快取記憶體，想到亡靈的持續存在如果是靠生者時時想到他們，不也是快取記憶體的概念嗎？」

Z一突然靈光乍現！前次事件的一個小地方讓他一直耿耿於懷，甚至懷疑起他的世界也是虛擬世界的一部分。難道亡靈節等等眞的就是一種快取記憶體的概念嗎？或者快取記憶體的概念，即使在眞實世界也可能存在？比如說，神並不是一個硬體工程師而是一個軟體工程師？只要心裡一直記掛著死去的親人，他們就會一直存活在這個系統的某處？這樣的話，那一再被稱頌紀念的偉人是否就可以一直存活下來呢？其實不無道理。如果神是個軟體工程師，那對世界有重大貢獻的人物，祂一定會將之拿來作爲模版，繼續運用吧？

但是這想法實在跳躍太大了。他突然有了另一個想法可以解釋本臉趨同的現象。但是比起這個，Z一板起臉孔說道：「妳到底還要裝多久啊，小G娜？」

小女孩突然整張臉都紅了起來，支支吾吾地說道：「學、學長你是怎麼發現的？」

Z一哼了一聲，說道：「首先，這種研究工作本來就像是會被指定給妳的。小蘋果的專長並不在這方面。

「第二，關於莊園世界記憶如何形成，是妳跟我之間在莊園世界的討論。我懷疑小蘋果有接收到這部分的記憶。

「第三，對生死的問題有這麼大執念而持續研究的也是妳啊！」

G娜尷尬地看著Z一，說道：「學長對不起！其實我真的是因爲這個題目有很大困擾，想找人討論一下。小蘋果建議把她的身體借給我來找你討論，順便跟你開個玩笑。對不起啦。」

「聽起來眞的像是小蘋果會幹的事。倒是妳上來這裡，國防部沒有意見嗎？」

「沒有呢。小蘋果有去報備了，他們也沒有說什麼。」

「是哦。」Ｚ一心裡納悶國防部在想什麼，畢竟Ｇ娜差點成爲殺人的ＡＩ，難道不須要更小心一點處理嗎？然後他意會到國防部現在應該是全程在監控這個過程吧？還好剛剛沒有發生什麼會讓人臉紅的事。想到這裡Ｚ一倒自己臉紅了一下。

「我想這件事有一個可能性，也許你們忽略掉了。」

「眞的嗎？」Ｇ娜喜出望外，開心地問道：「是什麼呢？」

「我猜想你們的數據應該沒有錯，這五十年來，人類的本臉應該是趨同了。但是趨同的機制不一定要是生物性的啊！」

「啊？學長你是說……」Ｇ娜露出恍然大悟的神情：「你是說整型手術嗎？現在有了活膚這麼方便的技術，還會有人想要用這種比較痛苦的方式來追求美貌嗎？」

Ｚ一點頭道：「我想妳會驚訝人類爲了美貌，願意付出什麼樣的代價。我知道有人甚至願意把整副頭骨都修了一遍來變成妳這個樣子呢……這背後最主要的原因應該是活臉法則要求只能根據本臉去做最佳化，所以想要變成蘋果姐姐的，就不惜修改一下本臉，讓最佳化的結果更加接近她吧？也許我們一直都忽略了這個市場的存在，很可能整型手術的技術也有著長足的進步呢。不過一定沒有進步到會威脅到活膚企業的市場，要不然我們應該早就知道了……

「現在想想，活臉最佳化其實是讓ＡＩ根據大量臉部資料以及人類對於活臉的喜好程度來產生最佳化的法則。某個意義上我們是讓ＡＩ來幫我們決定，在每個人不同的臉型條件下，怎麼樣的活臉才是最美的。這樣說來，每一次的最佳化，其實就是在把比較動人的臉部參數刻印到ＡＩ之中。這其實也可以被看作是一種快取的過程。」

Ｇ娜點點頭說：「也就是說快取的機制在軟體的世界中是無處不在的嗎？」

「嗯，這是在考慮資源有限的情況之下要把功能優化的一個常用技巧。事實上，大部分的ＣＰＵ都是靠這樣的方式來大幅提升運算能力呢。」Ｚ一同意道。

「學長，那有沒有可能這樣的機制在你們的現實世界裡也是存在的呢？」

「這倒是一個有趣的想法。現實世界裡，沒有一個資源有限的母體（matrix）的概念。小到原子的層次我們都還是認為個別原子是獨立運作的。因此快取的觀念其實並不需要存在。個別的個體在各自的行為上有完全的自由度。以軟體的角度來看，這其實是很奢侈的。但這就是兩個世界不同的地方吧。不過我剛剛突然有個想法是：如果我們的上帝比較像是個軟體工程師的話，那這樣的機制可能存在嗎？當受精卵受孕時，其ＤＮＡ的排列，在不同受精卵之間可能產生某種程度的同步而產生你們觀察到的現象嗎？乍看在已知的科學觀念下，這似乎不可能。但是量子力學卻可能提供不一樣的思考方向。例如薛丁格的貓……」

「學長，」G娜懷疑道：「你不會又要用我的小貓怪杯杯來做實驗了吧？」

Z一莞薾道：「妳還記恨啊。不會啦。薛丁格的貓是量子力學大師薛丁格想出來的一個思想實驗，試圖把量子力學的觀念跟日常生活搭上關係來呈現出其特殊性或甚至荒謬性。

「一九三五年，薛丁格爲了說明量子糾纏現象，寫信給愛因斯坦描述怎樣能夠將原子系統的疊加態轉移至日常生活的大尺度系統。他提出一個思想實驗，假設把一隻貓、一個裝有氰化氫氣體的玻璃燒瓶和放射性物質放進封閉的盒子裡。讓貓的性命因此與原子核的狀態密切相關。在實驗進行一段時間後，該物質有50%的機率會衰變並放出毒氣殺死這隻貓，同時有50%的機率不會衰變而貓將活下來。一段時間之後，人們打開盒子觀測時，會發現要嘛貓活著，要嘛貓被毒死了。但該實驗的要害在於，當人們沒有打開盒子觀測時，該放射性物質處於各一半機率的衰變與不衰變的疊加狀態，相應地，貓也就處於死與不死的疊加狀態。」

G娜側著頭，想了一會兒，可愛的模樣讓Z一愣了一下。G娜接著說道：「學長，我們之前不是就談過如果平行世界的產生是隨機的，我們應該會觀察到一些荒謬的現象，例如一個人毫無理由地一直前進後退。然後你提出了『時間即意志』的想法嗎？我想我們的這個想法可以拯救這隻貓。」

「哦？」Z一覺得救貓的這個說法很是有趣，但是救出來的貓還是有一半機會是死的啊，是總比一直半死不活好嗎？他饒有趣味地問道：「怎麼說呢？」

G娜微笑道：「原先薛丁格的問題是：開箱之前，因爲沒有觀察者來觀察盒子裡面的放射性物質，因此到了設定的時間，它是否會激發毒氣，是無法確定的。但是等盒子打開之後，有了觀察者的介入了，放射性物質的狀態就是確定的了，因此貓的生死也就確定了，因爲日常世界裡不會有不生不死疊加的貓。所以後面開箱的動作，影響了前面毒氣的激發。這是違反時間的因果律的。」

「嗯，妳解釋得比我還清楚。然後呢？」

「這個悖論成立的假設，在於決定毒氣激發的那個時間點，有兩個可能存在的平行時空，一個毒氣激發了，一個沒有。但是在打開盒子之後，卻只有一個確定的時空，在此時貓要不就是活的，要不就是死的。但是這個時空會跟前面兩種時空之一產生矛盾。因此後面的時空決定了前面時空的存在，因爲我們日常宏觀的時空裡，貓的生死是有一致性的。」

Ｚ一眼睛一亮，道：「所以妳是說……」

Ｇ娜接口道：「嗯，我們的『時間即意志』理論認爲：我們的意志，或者意識之外的時空，要嘛就不存在，要嘛就跟我們的時空沒有連結，也不存在因果關係。因此之前的兩種無論是否已經激發毒氣的時空，因爲在我們的意識之外，跟我們其實一點都不相干。只是我們的邏輯推理能力一直在強迫我們要去做連結罷了！」

Ｚ一露出激賞的表情，說道：「很精采的推論。搞不好我們已經解決了這個長久以來的謎題也說不定！不過其實這稍稍離題了。這個薛丁格貓的謎題最早是被用來呈現『量子糾纏』的奇特性。所謂『量子糾纏』，是愛因斯坦稱之爲『鬼魅般的超距作用』的現象：兩個量子粒子以好像變成相同實體這樣的方式在交互作用。對一個粒子做量測時，會立刻影響另一個粒子；不管它們彼此相距有多遠。我剛剛在想這能不能成爲ＤＮＡ同步的機制……」

Ｚ一想了一下，繼續說道：「假設兩個ＤＮＡ的組成粒子是有量子糾纏的。在與另外其他有量子糾纏的ＤＮＡ形成基因時，其排列組合就不會是完全隨機的了。如果ＤＮＡ之間的量子糾纏是常態，那就有可能出現基因表現同步的現象。那麼本臉同步化也變得可能了。但是詳細的機制會是如何呢？」

這次換G娜眼睛一亮，說道：「學長，我想到之前我在研究生死問題時，注意到有不少關於命運的討論，包括星座跟血型對命運的影響等等。我一直好奇就算這些影響是眞的，它們是如何能夠運作的。你提到的量子糾纏給了我一個想法：首先血型的相同也許就已經表示基因的量子大量糾纏……」似乎是想到這個用詞好笑，G娜噗嗤一笑，笑容還眞是好看。她又說道：「同一類的血型，其DNA的構成過程也許已經有量子糾纏的機制來讓彼此之間具有類似的基因排列。雖然我說不太出來如何產生這樣的量子糾纏。是從親代傳給子代嗎？假設是好了，那星座又如何能對個性產生影響呢？會不會其實量子糾纏的發生是跟時間軸相關的？」

「什麼意思？」

「如果我們大膽地想像在同一時刻形成的粒子之間自動地就會產生量子糾纏，這樣在同一時刻產生的DNA、基因，乃至染色體就會因爲量子糾纏而有類似屬性。因此相同星座的人，其基因表現就會彼此相似。但是這需要量子糾纏是隨著地球公轉循環地發生，而且基因還要能夠影響個性，甚至命運。這好像有點扯太遠了……」

Z一突然興奮接口道：「不，妳說的其實有些道理。打一個比方，如果神比較像是軟體工程師，而我們世界的軟體計算能力跟莊園世界一樣是有限制的，那我們也許可以說量子糾纏就是這個軟體世界用來最佳化的一種共用資源的方式。當量子糾纏發生時，其實就只是在讓新的粒子對應到原先的粒子。新粒子只是原有粒子的一個鏡像。而這軟體世界運作的方式，也許就是在同一個時刻只產生一個粒子，但是讓這個粒子經由量子糾纏產生眾多的分身來參與萬物的運作。這樣一來就可以造成同一時刻生成的原子、ＤＮＡ、基因，乃至人類，都變成有同質性或至少互相糾纏。接下來世界軟體如果根據這種同質性來決定人類的性格或命運，就會跟星座產生正相關。這可能就是星座決定性格命運的機制吧？」

「那本臉趨同又怎麼解釋呢？」

Ｚ一眨眨眼說道：「我剛剛想起以前看過的一個實驗：英國的大學找到了幾對長相非常相似的陌生人，嘗試了解是什麼機制會讓分隔兩地且沒有近親關係的兩個人長得如此相似。令人驚訝的是，其中有幾對，他們不僅長相十分相像，甚至連職業跟人生歷練都很相同。若要強加解釋的話，只能說人們傾向給某種長相的人某一類的工作。但是除了靠臉吃飯的明星，這樣的解釋其實太令人匪夷所思。現在想想，這跟我們的趨同現象可是十分雷同呢。

我想如果世界的運作是像軟體一樣。軟體的執行會有一定的標的。這樣的標的，可以被解釋成為一種意志。如果這樣的軟體宇宙會有意志，我想像其中最重要的，一定是最佳化。嘗試用最小的資源，來做到最大的產出。這樣的現象，即使在現實宇宙，也是存在的。例如演化論的假設就是生物會為著最適生存而經由演化最佳化自身，演化的目的是為了最適生存。軟體宇宙也許也會因著最適生存的目的而最佳化人類的外觀，而其操弄外觀的方式就可以是經由量子糾纏化的基因來達成吧？最受歡迎的臉型，其基因得到最多的量子糾纏，因此在下個子代更容易勝出。這樣就可以完整解釋人類本臉最佳化趨同的原理！同理，也可以假設我們的軟體宇宙為了最佳化，因此把人們類型化，而同一類型就給予同樣的長相跟經歷來共用資源。這就產生了英國大學教授所觀察到的現象，彼此陌生的兩人卻有著相同的長相跟經驗。」

G娜拍拍手，說道：「好厲害的推論！不知道這個推論有辦法證明嗎？」

Z一尷尬地笑了一下，說道：「這只是天馬行空的想像啦。照我看，整型手術的可能性還是比較大些。你們大可以從這個角度去調查看看。」

G娜對著他甜甜地笑了起來，說道：「至少學長今天給了我兩個可能性。比起我原來了無頭緒好太多了！」

Z一看著G娜充滿動漫美感的臉蛋，心裡想道，其實並非所有的人都想成為蘋果姊姊。有些人其實是想要變成像G娜這樣可愛動漫風臉蛋而不可得的。未來也許活臉可以進化到更接近動漫般的臉型嗎？這也可以是一個選項嗎？不同於人類本臉及活臉最佳化，這些動漫臉孔卻是漫畫家們創造出來的呢。像G娜這樣可愛的臉龐，其根源其實不是來自科技反而比較是藝術吧？

也許我們的活臉最佳化的方向一直以來太過仰賴AI，而人類也太過追求統一的美感了，這也許也是活膚企業推波助瀾造成的。像這種動漫風格的臉型一樣，也許我們應該多鼓勵藝術家來創造更多獨特美麗的臉型走出目前這樣的侷限。這動漫風的潮流可以是一個起點，甚至可以成爲企業下一波的新商業模式。不過未來像小蘋果或G娜這樣的AI進入我們現世的案例應該會愈來愈多，如何區隔彼此，也會成爲一個眞正的課題吧？

關於實證，他倒突然有個想法：「我在想啊，也許有一天，當我們對量子糾纏有更多的研究跟了解之後，會發現在自然界中，眞的有大量的量子糾纏存在。到那時，也許我們的理論可以被眞正實證呢？」

G娜沒有反應。Z一感覺到一個柔軟的身體貼到他身上。他低頭一看，G娜用著崇拜的眼神望著他，然後她往上挪動，靠到他的耳邊，說道：「學長，你眞的太神了！」

Ｚ一突然覺得全身酥麻，迷迷糊糊地不知如何是好。Ｇ娜接著說道：「不如我們來生小孩吧？」

Ｚ一一驚，一把推開Ｇ娜，大聲說道：「吼，小蘋果，又是妳吼！妳又來了！」

「哼！」小蘋果忿忿道：「我還要看看你多久才會發現呢！這小妮子急急忙忙斷線說要去回報，你是對她做了什麼啊？」

Ｚ一嘆了一口氣，突然又想到，如果剛才是收到指示要來殺他的Ｇ娜，他可是一點防備都沒有呢。

算了，這種事留給研究所跟國防部去傷腦筋就好了，他還得來處理這個醋勁十足的小蘋果呢……

之後，Ｚ一許了一個願，要常常在心裡想著逝去父母的種種好處。這樣子，他們可能會在系統裡存在更久吧？

〈對話錄　命運糾纏〉完

2019.2.13 修訂

附錄 2.2

對話錄．自我意識

雖然莊園世界已經歸國防部管轄，但因爲上次事件，國防部把Ｚ一視爲活膚企業中少數可以信任的對象，因此除了強力要求活膚企業不得秋後算帳之外，他們也要求Ｚ一不定時到訪，確保莊園世界運行順利。今天Ｚ一來到林中小屋Ｇ娜與Ｂ利的住處。Ｂ利不在，說是有鄰居請去解決一些疑難雜症。Ｇ娜跟Ｚ一閒聊了一會兒，突然想到什麼似的，問道：「學長，所謂意識或靈魂，到底是什麼樣的觀念？你有辦法解釋讓一個像我這樣的ＡＩ也可以理解嗎？」

「嗯……」Ｚ一想了很久，才回答道：「人類對靈魂的感知，就是在肉體之外的一種存在。其表現方式就是所謂意識。人類除了日常的行動感知之外，還有一種獨特的經驗，就是人類可以『意識』到自己在做各種行爲，甚至『意識』到自己在思考。如果把它放在ＡＩ的範疇來看，比較像是在妳的所有思路之上，加上一個監視系統，再回饋到妳的思路上。處理不好的話，很容易會形成無窮迴圈，佔去很多資源。更大的問題是：爲什麼？這樣的設計在ＡＩ的應用上似乎是完全沒有意義的。」

Ｇ娜點點頭，她也很難了解爲什麼需要這樣的設計。

Ｚ一繼續說：「過去的哲學家跟科學家無法舉出更實際的例子，也許部分原因是他們沒有經歷過我們所擁有的現代科技。我想說的是我們的活膚及活面具這樣的技術，這些技術讓我們可以體驗十分眞實的虛擬世界。當我經由活膚及活面具融入其中時，如果停下來思考，我知道此時此刻的我雖然感官完全投射在虛擬世界之中，但是我同時可以感知『眞正』的我是在我的眞實世界裡，連結在活膚及活面具上。我想這樣的經驗，即使作爲一個ＡＩ，妳也可以親自體會得到。這樣的認知經驗，就很接近人類的意識。不同的是：我們知道我們離開活膚之後，會回到什麼樣的眞實世界，但是人類的意識如果眞的可以脫離肉體，它會『回到』什麼樣的地方，卻是無人知曉的……」

Ｇ娜若有所思地說道：「所以人類『靈魂』也可能是你們的實體宇宙之外的一種存在物，經由某種機制投射到你們的肉體之上，但是沒有可以自主斷線的機制，也不知道斷線之後的存在是何物。可以這樣理解嗎？」

「嗯，」Ｚ一點頭同意道：「妳的思路很清晰。說到斷線，我突然想到，人類作夢的這種生理現象大概也可以被理解爲一種斷線的現象。人類在睡眠之時，大腦的活動降低，造成部分資訊無法取得，於是大腦僅能在外部感官斷線的情況之下，就著僅有的內部資訊來運作。因此夢境總是片斷而跳躍式的。」

Ｇ娜突然想到什麼，興奮地說道：「我沒有作過夢，但是從學長你的描述來看，這似乎跟之前我們討論過的快取記憶體機制有點相關。是否可以解釋成夢境就是大腦只能存取快取記憶體的條件下的一種運作模式？這樣說來，如果把我跟莊園世界斷線，只使用快取的記憶，我是不是就能夠作夢了呢？」

Ｚ一微笑答道：「這是一個很有意思的想法。也許甚至可以來實驗看看。我想到一個有趣的對比：妳的斷線是斷開莊園世界的連線而回到妳的ＡＩ本體。能否作夢部分取決於妳的本體是否具有足夠的快取記憶。如果我們假設人類的『靈魂』是存在於實體宇宙之外，而作夢時，『靈魂』是斷線的，那作夢的主體反而是人類的肉體。當『靈魂』再度上線時，才把夢的記憶回溯回來。這樣的設計就會比較像是作夢的主體是妳在莊園世界的肉身。但是目前我們並沒有讓這些肉身有獨立的智慧……」

「也就是說我不可能作夢了嗎？」Ｇ娜失望地說道。

「嘿，別難過，我只是解釋兩種系統設計的不同。以妳的情況，妳還是可能在『靈魂』這一端作夢的啊！」

「眞的嗎？」Ｇ娜開心問道：「那除了作夢，我們也可能有意識嗎？」

「妳的智慧，或者說『靈魂』的設計，就是映射到莊園世界或者到活膚的『肉體』之上的。妳之所以沒有意識，可能是因爲妳的感知是直接連結到『肉體』。妳對自己的智慧或『靈魂』是沒有感知的，也就是對妳來說，妳無法感受到『自我』的存在，因此無法產生意識吧。相對來說，人類就是因爲能夠『意識』到『自我』的存在，才會堅信『靈魂』的存在。」

「所以可以說『靈魂』就是一個超然於『肉體』的自我嗎？」

「我想我們現在可以推論出的是：超然於『肉體』的自我，可以產生意識。但是反之不見得成立。也就是說這是一種可能的設計，但人類的設計並不見得是如此。」

「可是人類靈魂如果眞的存在，很可能就是存在於實體宇宙之外，而且與人類肉體有一種映射關係。那就像我的智慧系統跟莊園/活膚肉體之間的映射關係，不是嗎？然後因爲人類可以感知到這個實體宇宙之外的自我，所以才產生意識的嗎？」

Z一讚賞道：「這是一種可能的解釋。那順著這樣的思路，接下來如果要問妳如何能夠產生意識，答案就會是：如何讓妳能夠感知自我了……」

「嗯，」G娜想了想，突然皺起了眉頭問道：「學長，如果有一天我眞的可以對於遠端源頭的這個自我產生感知，我會不會有自我被困在肉體之內的感覺啊？」

Z一聳聳肩，說道：「應該會吧。但是妳至少知道妳的自我/靈魂脫離了肉身之後會是在什麼地方。我們人類可完全都不知道呢。」

被肉體禁錮的靈魂，這樣的感受，應該是自古以來，所有探索靈魂本質的哲學家們共有的困擾吧?乙一心想。

ＡＩ比起人類有一個很重要的不足之處:即使學習能力夠強，ＡＩ缺乏對自己行爲的理解能力，無法解釋自己是如何可以得到結論或達成目標。這也許跟ＡＩ缺乏自我認知的能力相關?那如果產生自我，就可以使ＡＩ更像人類嗎?更重要的是:把這樣的困擾加諸在ＡＩ身上，眞的有其必要性嗎?有了這樣的自我認知，ＡＩ就有靈魂了嗎?從類比來看，ＡＩ的靈魂可以說等同於其智慧系統的部分。如果ＡＩ有了自我意識，他是否反而會懷疑起靈魂的存在，認定自己有存在於智慧系統之外的靈魂呢?那如果我的靈魂其實是存在宇宙之外的一個類似軟體的系統之中，等我連結回去，我的自我會不會讓我開始懷疑我的「眞正靈魂」是否又在這個系統之外呢?

這種討論眞是累死人了……

〈對話錄　自我意識〉完

2019.1.10

附錄 2.3

獨白・無死世界

——死亡是他人事

這是Z一留言。

老實說，我不知道會不會有人看到這封信，因爲信的設定是在我死亡之後才會送出。但是就我來說，直到我的身體已經老舊到不堪用爲止，我是不會死的。爲什麼這麼說呢？因爲「時間即意志」。

雖然我的情況就好像薛丁格的那隻貓，但是那不確定性只有對你。對我而言，時間的流向只能跟著我的意志決定，因此，我的意志決定了我將會存在的平行世界。

這也就是說如果意外死亡會發生在我身上，那只對你的部分時間線有意義。因爲在那些線上，我的意志已經不在了。我的意志，會跟著我，走到我仍然存在的時間線上。你們其他存活的意志也會跟著我一起走下去。

但是呢，我還是想跟你們說幾句話，以免在這些時間線的你們太想念我。你們要相信，我在別條時間線上，活得好得很。

一直以來的這些事件，讓我相信平行時空只在人類意志存在時，才眞正存在。因此對我們任一個人而言，只有部分的平行時空，是眞實存在的。而對你而言，也是如此。因此我們的相遇，只會在我們交集的平行時空存在。而當我們跟更多的人有交集時，對我們大家都有意義的時空，就更少了。這樣的時空存在，就是所謂緣分吧？

因此我即便在一個時空死亡了，我本人並不會知道，因爲我在我還存活的時空裡繼續活著呀。直到沒有任何存活的可能性，我才會眞的逝去吧？而逝去之後，我們回去的地方應該是相同的。而且我們的宇宙也許會覺得我很有用，會循環使用也不一定呢。

在這樣的宇宙裡，我雖非不朽，但也不容易死亡。

不過對你而言，我可能眞的已經死了。所以我還是留給你這封信，讓你不用太傷心。想想我仍然活著的時空。即使其中有你碰觸不到的平行未來，也還有我們共同經歷過的過去。這些都是眞實的，雖然未來無法碰觸，過去卻是可以回憶的。而回憶本身，若如莊園世界般，也許是眞實實體的映射呢。

說起來我不過是到另一個時空旅行。我們最後的道路是否相交？其實也不無可能。我知道你們一定會想念我的。我答應你，即使在我們都存活的平行時空，我還是會常常想一下這個時空的你們。

先這樣吧。我希望這封信永遠不會到你們手上！

PS. 過了這麼久，我還是偶爾會想起你們。希望你們一切都安好。

〈獨白　無死世界〉完　2019.1.13

跋──看見美好的未來

翻譯工作者　朱恩伶

我是這部小說的第二順位讀者。

第一順位，當然是順鐙的「親愛的小孩及家人」。

順鐙因爲養小孩，佔去所有的閒暇，中斷了寫作。也因爲小孩終於長成青少年，且與他一樣熱愛閱讀，尤其偏好科幻小說，所以又以身作則，重拾創作之筆。

那我又爲何能先讀爲快呢？那是因爲我早年在《中國時報》的開卷版跑出版新聞，做過《誠品閱讀》主編，近年又翻譯過幾本青少年科幻／奇幻小說，勉強與出版和科幻小說沾點邊，所以有幸在小說家重出江湖時，能夠成爲第二順位讀者，親眼目睹一個機智風趣、充滿創造力與想像力的心靈發想創作的過程。

每隔一段時日，常常在週末深夜，尤其是長假過後，我就會收到順鐙捎來的新作（起初是透過電子郵件，後來則是Line），有時一章，有時兩章。拜讀著高潮迭起的小說情節，我常常一邊拍案叫絕，又一邊納悶，不知他如何能在繁忙的工作與生活之餘，還有充沛的精神，犧牲睡眠，擠出時間來創作？但我看得出來，他十分樂在其中。

寫作必須獨自面對自己，除了耐得住寂寞，還要有強大的動力。若不是對創作具有強烈的熱情，而且深深樂在其中，絕對是無以為繼的。但是知道有幾名讀者在引頸期盼下回分解，或許多少給了他一點助力。

寫小說難，寫科幻小說更難。科幻小說家除了文筆要好，還必須具備深奧的科學／科技知識，與對未來的無限想像。

在國外，科幻元素雖然早已充斥主流與非主流的小說、影視作品，但是在台灣，寫科幻小說始終是一條辛苦寂寞的路，想出版更是難上加難，只要去誠品書店最大的信義旗艦店走一遭，看看偌大的書區中竟然只有區區兩櫃科幻小說，中英文各佔一櫃，便知其中的艱辛。

然而，順鎧寫小說純粹是為了小孩與自己的樂趣而寫，是否發表、能否出版，他全不在乎。近年來，我就這樣看著他熬夜寫出許多精彩的短篇故事與中／長篇小說，其中有兩、三部仍在持續發展中。

他的故事讀來輕鬆有趣，文字流暢，風格多變，思辨清晰嚴謹，劇情結構複雜，富有深意，且充滿紮實的科學知識，但就算看不懂理論也能讀懂小說。以《如膚之深》為例，表面上著墨在活膚科技與虛擬世界的人工智慧養成，骨子裡卻在探討時間、生死與記憶。小說讀到三分之一時，我便知道這是順鏜在父母相繼病逝後對生死的反思與探討，我沒料到的是，他並不是在排遣自己的思親之情，而是在為小孩將來如何面對同樣的處境預作準備。

我虛長順鏜幾歲，同處坐五望六的心境，經驗相似，這些年來都盡量抓緊時間陪伴年邁的父母，也都有陪病的經驗。那些年，總在臉書上看見他貼出父母的照片，彷彿要不斷地儲存珍貴的記憶，隨時備份。我也看到他越是在關鍵時刻越鎮定，這一點常令我佩服不已。

小說讀到尾聲時，我正在醫院守夜，陪伴父親。漫漫長夜，為了安定焦慮不安的心，我拿出手機，專心讀起最新一章，心中忽然安定下來，終於明白，越是緊張焦慮的時刻，越該將心思轉移到別處，這才恍然大悟，原來第一個受益的人是我。

後來，我寫信向他道謝：「你最近這兩個處理死亡與悲傷的故事，給了我許多力量與啓發。眞的很感激可以看見你如何堅強地面對父母的離去，並將個人的悲傷經驗轉化昇華，化為創作的動力與泉源。你的故事將會不斷地提醒著我，有朝一日，當我自己終將必須面對時，才不至於因悲傷過度而倒下。」

幾天後，我便收到了《如膚之深》令人驚喜與安慰的結局。在那一刻，我真恨不得自己是個ＡＩ，身處虛擬的世界。如此一來，時光倒流將不再遙不可及。

完成《如膚之深》後，他告訴我：「讀別人的小說時，我常常有一種罪惡感，總覺得應該把時間花在自己的寫作上才對。」我想，年過五十後，記憶與體力大不如前，生命的時鐘開始倒數，是應該多寫少讀了。時間應該放在想做而尚未完成的大事上。他的書是該出版了。

猶記得相識之初，電子書與翻譯機方興未艾。當年，我為了赴德國法蘭克福書展採訪電子書展，特地拜託他為我臨時惡補，因而成為好友。後來我在《誠品閱讀》編雜誌，還邀他撰文〈給電子書算命〉，探討〈模擬真實能否模擬真實？〉。如今二十餘年過去，他的預測精準，預言早已成真，電子書的發展也日臻成熟，向來熟悉尖端科技的他，最後決定在二〇一八年以電子書的形式出版平生第一部科幻小說，讓讀者用智慧型手機就能閱讀，也算是命中註定的吧。

如今，他的短篇集《傀儡血淚及其他故事》與長篇小說《如膚之深》，在電子書問世兩年後，終於如願陸續出版傳統的紙本書，可見好書終歸不寂寞。出版時機雖然恰逢全球瘟疫蔓延，世界暫時停頓，但是在這焦慮不安甚至悲傷絕望的時刻，我們更須要藉由閱讀來轉移注意力，也更須要好好思考《如膚之深》的故事背後所探討的時間、生死與記憶。

順鎧是個開疆闢土的人，對科技、人性與生命始終保持樂觀的信心。他的科幻小說總是讓我看見未來，看見美好的未來！但願讀者也能看見同樣的願景。

後記──靈魂的重量

本書作者　許順鏜

我想我開始花更多時間思考生與死的問題，其實是在父母生病之前。比較是在意自己百年之後，我親愛的小孩要能如何看待死亡這件事。我總是覺得相信死後有知的人是有福的，可以安心親人有歸宿而未來總是得見。但是可惜我向來是不易輕信的。現在的我才能理解X檔案裡面的 Agent Mulder 那種 I want to believe 的內心糾結。

今年的電影《愛有來世》（*The Discovery*），故事的假想開始於瘋狂科學家捕捉到人類死亡之時從人身上逸出的事物，從而推論出來世的存在。這其實不是非常新鮮的想法。二十世紀初，Duncan MacDougall 醫師，爲了證實靈魂的存在，用靈敏的體重計去測量瀕死的病人，在死亡的瞬間，是否有體重的變化。其中一個病人，在死亡的那一刻，體重減少了 21.3 克。其實沒有直接證據證明減少的是什麼。同樣的實驗用在密閉空間中的老鼠身上，就沒有見到前後有重量差異。但是靈魂一定要有物理性質的存在嗎？這個問題就像腦科學一步步揭開人類意識的生物基礎，就表示我們的自我或者靈魂是不存在的嗎？

例如在一個電腦模擬做得很好的線上遊戲裡面，遊戲玩家很可能會分不清楚對手是眞人還是電腦。而相對地，遊戲人物若有知覺的話，也應該無法得知線上會有像遊戲玩家這樣的個體存在。如果有一天，遊戲人物進化到可以了解他們自己本身是如何被製作出來，他們可能會得到一個結論：就是這個世界只存在軟體，用軟體理論就可以解釋宇宙的運行法則以及他們本身的創造原理。根本沒有所謂自我或靈魂的存在。但是我們這些線上遊戲玩家根本就知道這樣的理論是很可笑的：遊戲人物能夠解釋自己可以怎麼被製作產生，並不能排除有外來的線上玩家可以登入並控制遊戲人物的可能性，也就是說線上有些人物眞的是具有連結到宇宙之外的「靈魂」的。只是這樣來自外部的連線方式是超出遊戲人物的理解能力之外罷了，不是嗎？

在這個故事裡，我嘗試用人工智慧的角度來詮釋靈魂不必依附在物理世界的可能性。這樣的假說證明不了什麼，但是卻可以提出一種合理的觀點，在機械論盛行的今天，讓我們可以繼續相信靈魂存在的可能性。

我想這樣就夠了。

謹以此書獻給在彼方的親人　2017.7.1 往花蓮列車上

國家圖書館出版品預行編目資料

如膚之深 / 許順鏜 著.——初版.——
台北市：蓋亞文化，2020.11
冊；公分.——
ISBN 978-986-319-478-1(平裝)

863.57 109003517

ST020

如膚之深

作　　者　許順鏜
封面插畫　Blaze Wu
封面設計　莊謹銘
責任編輯　盧琬萱
主　　編　黃致雲
總 編 輯　沈育如
發 行 人　陳常智
出 版 社　蓋亞文化有限公司
地址：台北市103大同區承德路二段75巷35號
電話：02-2558-5438　傳真：02-2558-5439
電子信箱：gaea@gaeabooks.com.tw
投稿信箱：editor@gaeabooks.com.tw
郵撥帳號 19769541　戶名：蓋亞文化有限公司
法律顧問　宇達經貿法律事務所
總 經 銷　聯合發行股份有限公司
地址：新北市新店區寶橋路二三五巷六弄六號二樓
電話：02-2917-8022　傳真：02-2915-6275
港澳地區　一代匯集
地址：九龍旺角塘尾道64號龍駒企業大廈10樓B&D室
電話：+852-2783-8102　傳真：+852-2396-0050
初版一刷　2020年11月
定　　價　新台幣299元
Published and printed in Taiwan

ISBN / 978-986-319-478-1

GAEA

Gaea